Wirkungen eines weißen Mantels / Der arme Wohltäter / Der Pförtner im Herrenhause

Die drei Erzählungen sind die ersten Fassungen von »Bergmilch«, »Kalkstein« und »Turmalin« aus den »Bunten Steinen«

Adalbert Stifter

Impressum

Autor: Adalbert Stifter
Umschlagkonzept: toepferschumann, Berlin

Verlag: tradition GmbH, Hamburg
ISBN: 978-3-8424-1346-7
Printed in Germany

Tucholsky Wagner Zola Scott Sydow Freud Schlegel
Turgenev Wallace Fonatne

Twain Walther von der Vogelweide Fouqué Friedrich II. von Preußen
Weber Freiligrath Frey

Fechner Fichte Weiße Rose von Fallersleben Kant Ernst Richthofen Frommel

Engels Fielding Hölderlin Tacitus Dumas
Fehrs Faber Flaubert Eichendorff

Eliasberg Ebner Eschenbach
Feuerbach Maximilian I. von Habsburg Fock Eliot Zweig
Ewald Vergil
Goethe Elisabeth von Österreich London
Mendelssohn Balzac Shakespeare Dostojewski Ganghofer
Lichtenberg Rathenau Doyle Gjellerup
Trackl Stevenson Tolstoi Hambruch
Mommsen Lenz Hanrieder Droste-Hülshoff
Thoma
Dach Verne von Arnim Hägele Hauff Humboldt
Reuter
Karrillon Garschin Rousseau Hagen Hauptmann Gautier
Defoe Baudelaire
Damaschke Descartes Hebbel
Wolfram von Eschenbach Hegel Kussmaul Herder
Dickens Schopenhauer
Bronner Darwin Melville Grimm Jerome Rilke George
Campe Horváth Aristoteles Bebel Proust
Bismarck Vigny Barlach Voltaire Federer Herodot
Gengenbach Heine
Storm Casanova Tersteegen Grillparzer Georgy
Chamberlain Lessing Langbein Gilm
Brentano Lafontaine Gryphius
Strachwitz Claudius Schiller Schilling Kralik Iffland Sokrates
Katharina II. von Rußland Bellamy
Gerstäcker Raabe Gibbon Tschechow
Löns Hesse Hoffmann Gogol Wilde Gleim Vulpius
Luther Heym Hofmannsthal Klee Hölty Morgenstern
Roth Heyse Klopstock Kleist Goedicke
Luxemburg Puschkin Homer Mörike
La Roche Horaz Musil
Machiavelli
Navarra Aurel Musset Kierkegaard Kraft Kraus
Nestroy Marie de France Lamprecht Kind Kirchhoff Hugo Moltke
Laotse Ipsen Liebknecht
Nietzsche Nansen
Marx Lassalle Gorki Klett Leibniz Ringelnatz
von Ossietzky May
vom Stein Lawrence Irving
Petalozzi
Platon Knigge
Sachs Pückler Michelangelo Kock Kafka
Poe Liebermann Korolenko
de Sade Praetorius Mistral Zetkin

Der Verlag tredition aus Hamburg veröffentlicht in der Reihe **TREDITION CLASSICS** Werke aus mehr als zwei Jahrtausenden. Diese waren zu einem Großteil vergriffen oder nur noch antiquarisch erhältlich.

Symbolfigur für **TREDITION CLASSICS** ist Johannes Gutenberg (1400 — 1468), der Erfinder des Buchdrucks mit Metalllettern und der Druckerpresse.

Mit der Buchreihe **TREDITION CLASSICS** verfolgt tredition das Ziel, tausende Klassiker der Weltliteratur verschiedener Sprachen wieder als gedruckte Bücher aufzulegen – und das weltweit!

Die Buchreihe dient zur Bewahrung der Literatur und Förderung der Kultur. Sie trägt so dazu bei, dass viele tausend Werke nicht in Vergessenheit geraten.

Wirkungen eines weißen Mantels

Erste Wirkung

Junge Mädchen werden durch männliche Kühnheit exaltiert, wie Buben schon von dem Lärm einer Trommel, und dem Schmettern einer Trompete. In unserer eigenen Familie hat ein bloßer weißer Mantel so unglaubliche Wirkungen hervorgebracht, daß sie von der tüchtigsten Feder beschrieben werden sollten – wenigstens gebe ich hiemit die Materialien dazu.

Die Sache ist auch ganz klar: wenn die Seele im sechsten, siebenten Lebensjahre auf einmal geboren wird, so fällt die ganze Macht der Eindrücke auf sie, und wir Älteren können uns auch gar keinen Begriff mehr machen von dem Heißhunger eines solchen neuen Dinges, daher wir ganz falsch urteilen über jene unermeßlichen Todestränen wegen eines verlornen Steinchens, einer zerbrochenen Gerte, oder über jene hereinbrechende Trostlosigkeit, wenn der kleine Mann nun doch nicht auf dem schneeweißen Bocke des Nachbars reiten darf, wie man ihm versprochen; die kleinsten Geschicke und Schmerzen stehen noch wie aufrechte Riesen vor der eingewickelten wehrlosen Seele, – aber mit wahrhaft zauberischer Kraft prägt sich in das kindweiche Empfängnis schon jetzt das eigentlich sittliche Element des Menschen, die Gewalt der Tat. Aber woher Taten nehmen? Außer den nachgeäfften tragen die wenigen Originalien, die er aufbringt, dem kleinen Tropfe eher Trübsal als Bewunderung ein, z. B. zerschlagene Töpfe, zerbrochene Fenster, eine umgestoßene Suppenschale – daher das Zauberwerk und Wunder, wenn einmal ein rechter Erzähler über ihn kömmt; da steht er mit offenem Munde, starren Augen, und vergeßnem Butterbrote, und schlingt die Nahrung für das junge Himmelreich seines Willens ein. Aber, wie des Armen Auge nur noch erst die grelle Farbe versteht, und die heftige: so muß auch für sein Herz die Tat noch grell sein, plötzlich, und unverhältnismäßig weit wirkend – und überall, wo er die äußeren Exponenten zu derlei antrifft, ahnt er schon diese dunkle Romantik der Taten, daher ihn Soldatenröcke, Trommeln, Trompeten, Seiltänzer und Theatertruppen so locken und entzücken. Das Mädchen muß noch länger tatenlos bleiben als ihr Bruder, der indes vielleicht schon auf der Schulbank sitzt und dort mit seinen Fäusten die ersten Lorbeern pflückt, und ihr müsset Taten der Kraft und Tapferkeit in einem desto unerreichbareren Lichte schimmern, je weniger sie in sich die Kraft vorfindet, selber einmal solche verrichten zu können. Diese rohe Poesie der Tat ist es, wodurch ihr junges Herz berührt wird, nicht, wie man irrig sagt, durch die Männertugend der Tapferkeit; denn sie bleibt unbewegt vor der noch größeren, vor der eisernen Duldung, vor dem langsamen Opfer, vor der jahrelangen Selbstverleugnung, wie es dem tieferen Staatsmanne eigen sein muß: es liege auf einem Minister dreißig Jahre lang das Heil der Welt, man beweise ihr, daß er allein Glück und Frieden des Landes gegründet habe: der sechzehnjährigen Schönen ist er nur ein alter, vergelbter Mann, während sie dem bejahrten Krieger mit seinem eisgrauen Schnurrbarte schon gut ist, für den kühnen Räuber aber unsäglich eingenommen ist, und tief innerlichst für ihn fürchtet und hoffet.

Dann kommen Jahre um Jahre, der Glanz der Tapferkeit bleicht, aber es schimmert heller und heller der des Herzens; dann kömmt die Zeit der Genies, und ein Mensch, aus dem es wie Glut und Liebe spielt, ist ihr dann gefährlicher, als ganze Armeen mit glänzenden Schwertern: endlich aber, wenn das Funkeln des Lebenstages in den stillen Glanz des Nachmittags getreten, geht sie am liebsten an der Seite des klaren Gatten, der stark und freundlich ist, mit gutem Herzen über ihr und den Kindern wacht, und mit gelassenem Nachhalt ein Stück der Menschheit um das andere fördert. Dann sieht sie auch mit Ehrfurcht auf die zitternden Finger des nunmehr steinalten Ministers, und horcht mit liebem Lächeln den ungestümen Erzählungen des invaliden Kriegers.

*

Allein kehren wir zu unserer Geschichte zurück – etwas Schwärmerisches, Romantisches, Dunkles bleibt in all den Sachen doch immer, man mag sie wenden, wie man will, und wenn wir uns derselben in späten Jahren wieder erinnern, oder wenn sie uns von andern erzählt werden, sind sie jederzeit wieder hold und poetisch und zukunftträumerisch, wie alles Werdende und Hoffende.

*

Es befindet sich in der Vorratskammer meiner Kindererinnerungen auch ein ganz isoliertes Bild einer sehr finstern, sehr trüben

Novembernacht, in der wir alle gar seltsam in der hintern Eckstube des Erdgeschosses beisammen saßen. Die Ereignisse *vor* und *nach* dieser Nacht sind weggelöscht, wodurch sie nur noch romantischer wird, daher ich sie gerade auch so erzählen will, nicht aber, wie sie nachher gar oft vom Herrn Amadäus erzählt und entstellt worden ist.

*

Die Franzosenkriege waren auf einmal da. Dunkle Sagen und Berichte waren ihnen lange genug voraus gegangen, und nun saß das gute, alte Schloß Weidenegg, unser liebes, freundliches Schloß, mitten drinnen. Man sagte uns Kindern in jener Nacht: Russen über Russen seien draußen herum, und ich erinnere mich recht gut des wunderlichen Eindruckes, wie ich ein verworrenes Brausen herein hörte, und durch die fernen Weidenruten trübe rote Lichter brannten. Auch der Vater und die andern mußten nicht recht gewußt haben, was zu tun sei – im ganzen Schlosse war ein Ausnahmszustand, man hatte uns in das hintere Eckzimmer gebracht, das sonst die Speisestube des Gesindes war, und das Tor hatte ich versperren und verrammeln gesehen. Man sagte uns, die Russen seien Freunde, aber da wir bisher noch keine Truppen gesehen hatten, wußten wir gar nicht, welcher Unterschied zwischen Freunden und Feinden sei. In dem Schlosse war kein einziger, ich weiß heut zu Tage noch nicht, warum, aber das weiß ich, daß es fürchterlich leer war, und daß wir meinten, jeden Augenblick müßten die Franzosen kommen, und die Kugeln würden gegen die Fenster schlagen, die auf den Teich hinausschauen. Die Vorderseite des Schlosses ist nämlich mit einem schilf- und weidenbekränzten Teich umgeben, durch den vom Tore weg ein kieselbepflasterter Damm führt. Die zwei Gitterfenster unserer ebenerdigen Eckstube gingen auf den Garten hinaus, der weit über einen Kanonenschuß breit und von dichten alten Bäumen geschützt war.

Mein Vater war nur Gerichtsverwalter in dem alten Schlosse, aber der Besitzer desselben, Herr Amadäus, war bei uns, und saß mit vor dem Kerzenlichte, das auf dem eichenen Tische stand. Eine Nacht war draußen, die mit jeder Minute dicker und finsterer wurde. Der alte Christian, den sie mit den Pferden und Kühen ins Gebirge geschickt, war auch nicht wieder zurück gekommen, und die anderen

Knechte waren alle wegen des Soldatenlebens davon gelaufen. Herr Amadäus hatte Zuckersachen gebracht, aber Schwester Marianchen, die Kleinere, hielt sie wie einen tauben Schatz in der Schürze, nur daß von Zeit zu Zeit ein gelegentliches Knacken zu erkennen gab, daß sie doch nicht ganz widerstehen könne. Wir anderen kümmerten uns aber nicht darum, Lulu, die Ältere, saß sittsam da, und half fürchten – die Pendeluhr pickte auch heute gar so laut, und der Kasten warf einen so langen Schatten – ich, der Älteste, hielt mich am Geländer der Ofenbank, wo wir Kinder kauerten, und riß Augen und Mund auf, um kein Wort von dem Gespräche zu verlieren, das die Männer am Tische führten, nämlich Herr Amadäus und der Vater, sonst war keiner da – die Mutter saß auf einem Schemel zunächst an Marianchen, und ganz hinten am Ofen hockte ein ganzer Klumpen Mägde, die sich nach und nach hereingestohlen, weil sie es in der Küche gar nicht mehr ausgehalten. Die ganze Schloßbewohnerschaft war nunmehr in der Stube, und alle Gesichter sahen gegen den Tisch.

Herr Amadäus tat mutig und frevelhaft: er gab Winke, wie es im obern Lande wohl geschehen sei, daß ein oder der andere abseitige Franzose verschwunden, ja in der Haselau sei einmal ein ganzes Pikett verloren gegangen – er sah den Vater listig an, und machte eine Bewegung, wie man eine Axt führt – und immer fuhr er so fort, und redete von unserm guten Gartenkeller, der abgelegen und ungebraucht sei – in Tirol gehe es fürchterlich zu – und im letzten Wochenmarkte habe man die Grausamkeit der Hessen und Bayern beschrieben. Ich arbeitete alles das in meinem Haupte zu einer Masse verworrener, verstümmelter Vorstellungen zusammen, und der gute kleine Herr Amadäus mit dem freundlichen eingeschrumpften Gesichte, der uns sonst immer, weil er selbst unverheiratet war, ganze Säcke voll Naschereien gebracht hatte, und der dabei immer so glänzende lustige Äuglein machte, kam mir selber heute mit samt den Äuglein wie ein verwunderliches Teufelchen vor, besonders weil er so lange und doch so kurze schwarze Füßchen und lange schwarze Rockärmel hatte. Der Vater sah mild und freundlich. Man erzählte noch, wie der Mörixbauer vorgestern abgebrannt, wie jenseits der Berge große Truppenmärsche geschehen – und so verging die Nacht immer weiter und weiter, ohne daß sich das mindeste änderte und regte; die Pendeluhr pickte fort, die Nebel hörte man ordentlich draußen am Fenster rieseln, nur daß wir ein paar Mal etwas wie einen Anruf aus der Ferne hörten, und einmal ein dumpfer Fall geschah, wie der schwere Niederstoß vieler Gewehre. – Auf einmal – es war schon über eilf Uhr, und Marianchen schlief im Schoße der Mutter – auf einmal tat Lulu einen gellenden Schrei und riß ihr Antlitz gegen die Tür: ein Mann in einem weißen Mantel – es war kein Russe, wir kannten damals diese Art Mäntel noch nicht, nachher aber hatten wir Gelegenheit genug, sie kennen zu lernen – ein Mann in einem solchen weißen Mantel stand in dem Zimmer, er war ganz ungehört hereingekommen, und wir wußten nicht, wie lange er schon da stehe, aber nach dem Schrei, und ehe eines ein Wort sagen konnte, tat er geschickt beide Arme aus dem Mantel, in jeder Hand eine Pistole haltend, die er aufzog, daß wir die Hähne knacken hörten, dann sagte er in einem fremden Deutsch: »Wer ist der Verwalter?«

Der Vater stand auf und fragte um das Begehren.

»Führen Sie mich auf die Plattform dieses Hauses hinauf.«

»Ei!« rief Herr Amadäus, der vom Tische aufsprang, »ich bin der Herr dieses Schlosses!«

»Sie gehen auch mit«, sagte der Fremde ganz ruhig, indem er die Pistolen etwas höher hob, daß die Läufe im Kerzenlichte glänzten.

Die Männer sahen sich an und machten beide zugleich Miene zu gehorchen. Der Fremde warf noch einen Blick im Gemache umher, und hieß sie dann nur vorausgehen. Herr Amadäus hatte eine Laterne anzünden müssen, und der Vater wurde angewiesen, sich an dessen Seite zu halten. So gingen sie fort. Es war eine Todesangst, bis sie wieder kamen. Der Vater hat uns nachher erzählt, wie sich alles begeben habe. Sie mußten über die Stiege voran steigen, er hinter ihnen. Auf der letzten Treppe mußte die Laterne stehen bleiben, alle drei aber stiegen auf die Plattform hinaus. Dort stellte er sie beide gegen die Gartenseite, mit der Weisung, sich nicht zu rühren; er trat an die Gassenfronte, legte sich mit dem Oberleibe an das Geländer und blieb so unbeweglich stehen, indem er mit größter Aufmerksamkeit hinab zu schauen schien, obwohl eine Nacht war wie ein ummauertes Gefängnis, und nur die trüben roten Punkte der Feuer glänzten.

»Stürz ihn hinunter«, flüsterte Herr Amadäus.

»Um Gottes willen, nein«, antwortete der Vater und hielt Herrn Amadäus bei der Hand.

Der Fremde stand wie ein schwarzes Steinbild an dem Geländer, und der Vater sagte, tausend Röhre der Russen konnten sich damals auf ihn richten, wenn sie es gewußt hätten oder bemerkt – aber sie wußten nichts, sie bemerkten nichts, und nach einer Viertelstunde, oder weniger, schritt der Fremde wieder zu den beiden Männern und bat sie höflich, wieder voran hinabzugehen. Sie taten es, und unten bat er sich noch eine kleine Begleitung in den Garten aus. Herr Amadäus und der Vater gingen mit, und fanden zu ihrem unsäglichen Erstaunen an dem Pfirsichgitter des Lusthauses ein Pferd angebunden, das vollständig kriegerisch gesattelt und gezäumt war. Der Fremde löste es ab, nahm die Zügel in den Arm und führte es durch allerlei Gartenwege, während die zwei vor ihm her gehen mußten. Er sagte während dessen nicht eine Silbe. Es war ganz und gar unbegreiflich, wie er denn hereingekommen sein mochte, und es wurde auch am anderen Tage nicht begreiflich, weil indes die Gartenmauer so zugerichtet worden war, daß man durchaus nicht mehr wissen konnte, wie sie gestern gewesen; wie er aber hinauskam, das sollten wir in kurzem erfahren. Er war ein paar Mal der Gartenmauer sehr nahe gekommen und schaute vorsichtig und fest auf die Stelle hin – auf einmal aber wendete er sich ganz und gar um und ging wieder gerade auf das Schloß zu. Dort angekommen, hielt er unter dem Torwege und sagte: »Öffnen!« – Dort war es, wo uns das Herz wieder leichter wurde, indem wir die Stimme des Vaters hörten, der nach den Mägden rief. Die im Garten ausgelöschten Laternen mußten wieder angezündet werden, Lulu und ich drängten uns neugierig ein wenig aus dem Küchengange hervor, daß wir hinaussehen konnten, was vorging: von einer Bedeutung, welche das Ding haben könnte, hatten wir damals keinen Begriff, wir sahen nur, wie Herr Amadäus neben dem fremden Manne stand, und wie das grelle Laternenlicht aus der Hand der alten Agnes, die selber einen riesengroßen Schatten warf, auf die beiden Männer fiel und auf ein prachtvolles Pferd, an dessen Decke und Zügel alles glänzte und glitzerte; den Vater sahen wir, wie er aufsperrte und mit den Mägden die dicken Holzbohlen zurückschob. In dem Augenblicke war auch die Mutter und alle herausgekommen, auch ich und Lulu standen bereits unter der Wölbung des langen Torweges und sahen ängstlich in die Nacht hinaus, als sich der eine Torflügel öffnete.

»Beide!« rief der Fremde ungeduldig, »beide!«

Und als beide Flügel offen standen, stieg er langsam zu Pferde, setzte sich zurechte, prüfte Zügel und Steigbügel – dann winkte er mit der Hand Herrn Amadäus hinweg und saß einen Moment gleichsam mauerfest in dem Sattel – damals tat er einen Seitenblick auf uns – aber ehe kaum so viel Zeit verging, als man braucht, ein Augenlid aufzuschlagen, geschah ein Spornstoß – dann zuerst bloß ein Aufzucken des Tieres – aber plötzlich, wie eine geschossene Kugel, war es auch schon weit zum Tore hinaus – so sehr flog es, daß wir das Prasseln seiner Hufe auf dem langen Kieseldamme kaum wie zwei kurze Schläge vernahmen – dann zwei Pistolenschüsse rechts und links in die Russen – dann nichts mehr – – ja, ein Schuß, ein zweiter, dritter, zehnter – – unzählige – – endlich Totenstille. Im strengen Sinne des Wortes war das Vorüberzucken des weißen Mantels in meinen Augen noch nicht erloschen, als schon alles aus war. Wir standen noch um die leere Stelle, und eine feuchte, kalte Luft zog bei dem offnen Tore herein.

Zwei waren es, die zuerst Worte fanden, um ein Urteil über die Tat abzugeben, und zwar ein Urteil voll eitel unverhohlenen Jubels: nämlich Lulu und ich. Das hatten wir begriffen, daß die Russen seine Feinde seien, und alle, glaubten wir, habe er sie nun gehöhnet, geschlagen und zerstreut – die Schnellkraft, womit er sich hinausgeschleudert hatte, der Adel und Leichtsinn, der in dem ganzen Dinge lag, kam mir unsäglich vornehm und prächtig vor.

»Das ist ein Mann!« rief Lulu, »das ist ein Mann!«

»Das ist ein Mann,« wiederholte ich, »das ist ein – Vater, ist es ein Franzose?«

Aber niemand gab uns eine Antwort, und niemand stimmte in unsere Gefühle ein. Herr Amadäus rang die Hände, daß die Schatten wie grausige Windmühlflügel im Gewölbe herumfuhren, er lief hin und wieder und schrie: »Jetzt werden sie sagen, wir hätten ihn versteckt, und werden uns alle zerreißen, heute noch werden sie uns zerreißen.«

Ich fürchtete mich wegen des Herrn Amadäus doch nicht, und sah lieber nach dem Vater, aber der war im Gesichte so weiß wie Kreide, und seine Hände waren ungeschickt und zitternd, als er zusperrte und mit dem Schlüssel immer herumdrehte und herumdrehte, ohne ihn herausziehen zu können. Da erstickte plötzlich aller Jubel in meinem Herzen; so vernünftig war ich doch schon, daß ich etwas von der Sache einsah, aber einen ganzen unsichtbaren Berg von Angst wälzte ich nach und nach empor, als uns der Vater wieder stille in die Stube zurückführte, als er immer stille blieb, nur manchmal hin und her ging, und gleichsam verstohlen die Hände rieb, wie einer, der voll Angst ist.

Die Mutter war über Marianchens Bette geneigt und sah ihr in das Gesicht, weil sie so ruhig und gesund schlief.

Lulu stand auf der Ofenbank und sah den Vater mit halb törichten, halb klugen Augen an. Auf einmal sagte sie mit ihrer klaren Stimme: »Es macht nichts, Vater, ich werde ihnen sagen, daß ich es selbst gesehen habe, wie der Mann bei der Türe hereingekommen ist, und daß du ihm gar nicht befohlen hast, unter die Soldaten zu reiten und unter sie zu schießen.«

Der Vater blieb stehen und sah das Kind an – auch die Mutter hatte sich umgesehen und wartete auf eine Antwort.

»In der Tat, das Kind hat recht,« sagte der Vater, »sucht alle Laternen, die im Schlosse sind, zusammen, vielleicht können wir ihnen die frischen Pferdespuren im Garten zeigen, und vielleicht enthüllt es sich dann, wo um des Himmels willen er denn hereingekommen.«

Die Sache war einleuchtend; man brachte alle Laternen, selbst die aus dem Stalle, richtete in jede eine Kerze und stellte alle auf dem Tische zusammen. Allein, sonderbarerweise – die Russen kamen nicht. Minute an Minute verging, und es regte sich nichts vor dem Tore. Ein paar Mal war es, als geschähe ein Getrappel über den Steindamm, aber es war nichts, oder es glich dem verhallenden Tone vieler Davonreitenden – auch ein Fahren glaubten wir zu vernehmen, ein schweres, ächzendes; aber seltsam, die ganze Nacht hatten wir Feuer gesehen und Wachrufe gehört, nun sah man kein einziges Feuer und hörte nicht einen einzigen Ruf mehr – es war unbegreiflich. Die Männer saßen wieder ruhiger beim Tische und redeten davon, und meinten, es seien das seltsame Vorbereitungen.

Endlich gegen drei Uhr lösete sich das Rätsel: uns Kindern war es, als sei weit draußen etwas gefallen, ein so dumpfer Luftstoß war an das Fenster gekommen – aber es war ein Kanonenschuß gewesen, der erste, den wir gehört – eine ängstliche Sekunde folgte, dann geschah ein zweiter, ein dritter und dann unendlich viele – längs der ganzen Weinberge schien sich's zu entwickeln, als ob die Erde bebte – bald hier, bald dort, – überall. Ganz gräßlich aber war es, als dicht hinter den Weidenbüschen des Schlosses ein Feuerhauch aufschlug, als flammten alle Bäume, und ein schmetternder Schlag folgte, daß mit eins alle Scheiben unserer Fenster sprangen, und die Mauern bebten, als sei der ganze Turm mit der Plattform herabgestürzt. Drei- oder viermal wiederholte es sich in solcher Nähe – ich weiß nicht mehr, wollte man uns in den Keller führen, waren wir wirklich unten – nur das Bild jenes betäubenden Lärmens ist mir von jenen Momenten geblieben, und die Erinnerung, daß ich sehr viel Hunger hatte, als endlich ein trüber, grauer Tag angebrochen, ringsum kein Schuß mehr zu hören, und kein Mensch, weder Russe noch Franzose, zu sehen war.

Am Tage, da man uns zu essen gegeben hatte, und wieder einige Ordnung war, sagte ich zu Lulu: »Das ist eine Schlacht gewesen, ich werde dir sagen, was eine Schlacht ist«, und wir redeten den ganzen Tag davon, aber was – das weiß ich nicht mehr. So viel ist mir nur, als hätte der Vater recht viel zu tun gehabt, als seien eine Menge Leute ins Schloß gekommen, und als hätte man gesagt, daß die ganze Gartenmauer zertrümmert sei und von den schönsten Ulmen die Äste herabhingen. Wir durften gar nicht ins Freie.

Dies war die erste Kriegsäußerung um Schloß Weidenegg, und es kam nie mehr eine so grausige, aber dafür Franzosen und Feinde in Hülle und Fülle. Ich erinnere mich ihrer noch recht wohl, aber nicht als Feinde, sondern als schöner Soldaten, die alle so flink französisch sprachen, als hätten sie meine Grammatik schon längstens auswendig gelernt. Von einzelnen Begebenheiten ist mir aber nichts geblieben als ein paar Bilder, wovon mir eins meine Mutter zu erzählen pflegte, wie sie nämlich bei der ersten Einquartierung, als es im Schlosse hieß, das ganze Dorf wimmle schon von Franzosen, gar sehr erschrocken sei, als sie mich, den man schon seit zwei Stunden vermißte, plötzlich an der Spitze von vier Mann in das Gesindezimmer stürzen sah, den vordersten an der Hand zerrend, um ihnen dort unsere jungen Hunde zu zeigen. Des andern erinnere ich mich selber noch, wie an einem Nachmittage eine ganze Menge von Soldaten und Offizieren im Hofe und Garten war, und wie sie den Herrn Amadäus auf eine Kanone setzten und davon führten. Er ist nicht mehr gekommen, bis ich schon ein großer Student war, die Gartenmauer wieder aufgebaut war, alle Bäume blühten, weder ein Franzose noch ein Deutscher in Weidenegg, und auf dem ganzen Lande der Frieden war. Damals kam er plötzlich zurück, und war noch viel älter als früher.

Zweite Wirkung

Jahre um Jahre waren vergangen, bis sich der Nachtrag zu dem Obigen ereignete; ich weiß nicht, wie viele; denn ich habe sie nicht gezählt, aber es mußten ihrer etliche gewesen sein, denn alles hatte sich verändert. Ich war auf die Universität gekommen, und studierte bereits im zweiten Jahre die Rechte, die Kinder, Lulu und Marianchen, waren keine Kinder mehr, und ein Universitätsfreund von mir, der eben die Ferien mit mir auf Weidenegg zubrachte, sagte, sie seien namenlos reizende Jungfrauen geworden; es mußte wohl in seinen Augen so sein, weil er trotz des schönsten Jagens und trotz der günstigsten Aspekte des Vogelherdes lieber zu Hause blieb, um die Mädchen herumschlürfelte, und mit Büchern, Bändern und Guitarren beladen war. Die Mutter kam mir schon wie eine alte, geschäftige Frau vor, der Vater war noch freundlicher und milder, hatte ein rotes, feinrunzliges Gesicht und viele weiße Haare – Herr Amadäus aber war nur mehr winzig klein, jedoch er wurde immer lustiger und lustiger, lachte mit stets feinerer Stimme, blinzte die Äuglein, leider aber, daß seine uralten Kleider immer mehr und mehr über ihn hinaus wuchsen.

Wir, nämlich ich und manche Studienfreunde, hatten in vielen auf einander folgenden Ferien in der Nähe der hintern Gartenmauer nach und nach mit Schubkarren einen Erdhügel aufgefahren, eine Aussicht, wie wir sie nannten; der Vater hatte in seiner Güte, als wir fertig waren, noch ein schönes hölzernes Gerüste und eine Art Hütte daraufstellen lassen, in welcher man beinahe in den Zweigen eines herüberragenden Nußbaumes saß, und eine wirklich herrliche Aussicht über ein gesegnetes Land genoß.

Auf diesem Gerüste vor der Hütte saßen wir eines Nachmittages in der milden Spätherbstsonne, um Kaffee zu trinken; ein sanftes Überdach von gespannter Leinwand blähte sich unmerklich in der weichen Luft, das Gittertor des Gartens stand gegen die Felder hin offen, die längst abgeerntet und nur mehr mit dem späten Schmucke der spielenden Sonnenstrahlen und des ziehenden Fadensommers bedeckt waren – sie durften nun mit Recht ruhen; denn ihr goldener Segen rollte bereits zirkulierend durch die tausend Adern des wieder beruhigten Volkes, und wir alle empfanden recht eigentlich den süßen Hauch des endlich errungenen Friedens, der auf dem ganzen Lande lag.

Der Kaffee war eingeschenkt, die Tassen waren herumgereicht – da rief Lulu plötzlich auf: »Jesus Maria, ein weißer Mantel!« In der Tat sahen wir alle nun zwei Männer in weißen Mänteln in einer leichten Chaise sitzen, und auf dem Feldwege, der hinter dem Garten herumlief, daherrollen.

Als sie zu dem Gittertore gekommen, hielt der Wagen, und wir sahen, daß die zwei Männer zu uns heraufblickten und mit einander redeten. Offenbar hatten sie nur auf dem Feldwege den Garten umfahren wollen, änderten aber hier ihre Absicht; denn seinen Mantel in dem Wagen zurücklassend, sprang der eine aus, ging bei dem offnen Gitter in den Garten herein und gegen uns zu. Wie er näher kam, sah er einem Reisenden ähnlich, hatte Reisekleider, und war bis zum Dunkelsten von der Sonne verbrannt. Er stieg den Hügel und die Treppe heran, und stand endlich vor dem Tische. Da nahm er höflich seinen runden Hut ab, bat um Verzeihung, daß er störe, und sagte, er wünsche den Verwalter zu sprechen.

Der Vater stand auf und stellte sich ihm vor.

»Noch einmal«, sagte der Fremde, »bitte ich um Verzeihung, daß ich Sie hier so überfalle; lassen Sie sich nicht stören, und daß ich den Grund nur kurz sage, warum ich da bin, es ist eigentlich eine alte Sünde, die ich Ihnen und Ihrer Familie abzubitten habe.« »Ah!« riefen ich und Lulu aus *einem* Munde, der Vater wechselte die Farbe, war aber doch so artig, den Fremden auf einen Stuhl zu uns zu nötigen. Kein einziges rührte seinen Kaffee an, sondern alles sah dem Fremden ins Gesicht.

»Ich bin ein Elsasser,« begann dieser wieder, »habe einmal in dieser Gegend rekognosziert, aus jenem Gitter schnitt ich mit einer Uhrfeder das Schloß, um auf die Plattform des Hauses zu kommen – ich wäre desselben Weges wieder hinausgeritten, aber, ich weiß nicht, ob Ihr das damals bemerktet, ich aber sah es, als wir durch den Garten gingen: ein russisches Pikett zu Pferde hatte sich, indes ich im Schlosse war, dicht vor dem Gitter aufgestellt – ich konnte es nicht forcieren – mein Chef wartete auf meinen Bericht – und es geschah, was geschah. Nun aber, Herr, bin ich hier, Ihnen Genugtuung für jene Nacht zu geben.«

Mir gefiel der Mann unsäglich, und ich konnte gar nicht begreifen, wie Lulu so dasitzen konnte und den Mund offen halten – Marianchen aber begriff von dem Ganzen nicht ein Wort! Die Mutter sah abwechselnd den Fremden und den Vater an; denn der Vater war sehr ernst geworden, aber mit der unergründlichen Güte und Freundlichkeit, die ihm eigen war, antwortete er: »Hier ist nichts genug zu tun; es ist kein Unglück geschehen – ich danke seit zehn Jahren Gott in meinem Abendgebete, daß damals nicht eine Last auf mich gelegt wurde, die ich nicht weiß, wie ich sie würde getragen haben: der Versucher stand bei mir, und hätte ich gewußt, was Sie vorhatten, und daß Sie allein im Schlosse waren, ich weiß nicht, was um Liebe zu meinen Kindern geschehen wäre – es ist gut, wie es kam, und es ist nichts genug zu tun!«

»Ja, ja,« rief der Fremde mit offenherzigen, leuchtenden Augen, die er mit sichtbarem Wohlgefallen auf den Vater richtete, »ja, es ist etwas genug zu tun: das ist genug zu tun, daß ich Ihnen sage, daß Sie ein ganz herrlicher Mann sind, daß ich das damals schon ahnte, daß ich für jene Nacht zwar einen Stern *auf* die Brust, aber auch Unfrieden *in* dieselbe bekam, daß ich durch halb Europa von den Kriegsereignissen geführt wurde, und daß ich mir vornahm, sobald Friede würde, eine Reise nach Deutschland zu tun, und dabei dieses Schloß aufzusuchen, an das mich mein Wunsch und meine Unruhe knüpfte – das ist genug zu tun, daß ich Ihnen sage, daß mein Herz gewaltiger klopfte, da ich wieder von ferne diese Mauern und dieses Gitter sah, als einst, da ich durch die Russen hinausritt, und daß es mir eine Freude macht, eine ganz ausgelassene Freude, daß Sie und alle wohl und gesund sind, und daß kein düsteres Unglück hinter diesen Mauern und Bäumen verborgen sei, wie es mir fast ahnen wollte, als ich Ihrer ansichtig geworden – und das ist genug zu tun, daß ich Ihnen jetzt freiwillig sage, daß es mir leid tut, was ich tat – ich war freilich erst zwanzig Jahre alt – das ist genug zu tun, wenn Sie schon keine andere Genugtuung verlangen.«

»Keine,« sagte der Vater, »außer der, daß Sie etwa einige Zeit auf demselben Schlosse, wo Sie einst feindlich erschienen, friedlich und als Gastfreund zubringen mögen, wenn es sonst Ihre Zeit gestattet.« Die Augen der Mutter leuchteten, als der Vater dies sagte; denn er hatte ihr aus der Seele gesprochen: sie sah so freundlich auf den fremden Mann wie auf einen Sohn, weil er so redlich war, und weil er den Vater so geehrt hatte.

Der Fremde nahm das Anerbieten an, insbesondere, weil er ohnehin gesonnen war, einige Zeit in der Gegend zuzubringen, um ihre Landwirtschaft zu studieren, die von so wohltätigen Früchten begleitet sei, wie er hier überall sehe, indes sein Freund eine Geschäftsreise ins Gebirge tue, nach der er ihn wieder abholen werde.

Der Fremde wurde nun auf einen der Strohsessel genötigt, der Freund desselben heraufgeholt, der Wagen von dem alten Christian langsam durch den Garten ins Schloß geführt, und nach Herrn Amadäus gesendet, der auf seinem Zimmer saß und für Marianchen Papparbeit machte.

»Lebt der alte wunderliche Schloßherr noch?« fragte der Fremde.

»Er lebt noch,« sagte der Vater, »und es geht ihm wohl, außer daß ihn einmal sein Patriotismus in eine fatale Geschichte gebracht hat; aber sie ging auch vorüber, und jetzt ist er froh, daß sie geschehen, weil er sie erzählen kann.«

»Den, dachte ich immer, werden sie wohl füsiliert haben,« erwiderte der Fremde, »nun Gott sei Dank, daß alles gut ist.«

Der Kaffee war leider mittlerweile ganz kalt geworden, aber die Mutter war gar nicht ärgerlich, sondern ließ gelassen ganz frischen machen, wobei sie der Magd geheime Befehle gab, wahrscheinlich, daß er der Fremden wegen besser und stärker werde als der weggetragene.

Diese Fremden aber blieben den Abend bei uns; der eine reiste des nächsten Tages ab, der andere aber blieb noch vierzehn Tage teils auf dem Schlosse, teils in der Umgebung, bis sein Freund wieder zurückkam, und beide auf immer Abschied nahmen. Damals meinte ich nämlich *auf immer;* allein es ist anders gekommen; denn als ich in den nächsten Ferien wieder nach Weidenegg kam, war der Fremde nicht nur wieder zugegen, sondern er hatte auch das Nachbargut von Weidenegg gekauft, das ihm damals so gefallen – – ja, damit die Wirkungen des weißen Mantels recht ersichtlich würden, erkannte ich bald, daß Lulu, die ich bei seinem Wiederkommen für zu kalt gehalten, eigentlich seit seinem ersten Erscheinen seine wärmste Bewunderin geblieben ist, und nun aber die Sache gar ins Fanatische treibe, denn sie wechselte siebenmal die Farbe, und hastete im Zimmer herum, wenn sie an manchen trüben Herbsttagen den weißen Mantel durch die Weidenbüsche schimmern und auf das Schloß zukommen sah – ja, die Sache kam so weit, daß sie von einem Tage an ohne sichtbare Ursache plötzlich selig wurde – ihre Augen leuchteten, und wo sie ging und stand, war sie heimlich entzückt – die Folge aber davon war, daß der Vater und die Mutter lange Unterredungen mit dem fremden Manne hatten, worauf sie eines Tages erklärten, Lulu sei seine Braut.

Ich hatte nichts dagegen, denn der Mann war die Freude meines Herzens, so oft ich ihn ansah; so schön, so offen, so ehrlich war er, und sein Tun so bieder und entschieden, wie er ja auch bloß Lulu zu Liebe sein elsassisch Landgut verkauft und sich zu uns hergezogen hatte. Nur um meinen Universitätsfreund war es mir leid, weil ich meinte, in eine von beiden, in Lulu oder Marianchen, sei er fürchterlich verliebt; aber es mußte doch nicht so sein, denn er aß und trank ganz wacker auf Lulus Hochzeit, und trompetete und lärmte und half Illumination machen und Pöller abschießen, als man sie feierlich als neue Frau auf ihr Gut einführte. Hiebei tanzte er auch mit Marianchen nicht mehr als mit andern. Auf diese seltsame Weise und Verkettung ist das elsassische Blut in unseren Stammbaum gekommen. Die Nachkommen des weißen Mantels waren zwei kleine weiße Mäntelchen, die nach einigen Jahren gar oft auf einem Schlitten nach Weidenegg herüber fuhren – und aus denen zwei rote, pausbackige Gesichtchen heraussahen, die meiner Neffen – der Vater aber hatte jetzt einen schwarzen Pelz, aus dem er kutschierte,

Mutter Lulu aber steckte in einer ganzen Festung von Rauhwerk und hielt die zwei Rangen, daß keiner aus dem Schlitten falle. Diese Neffen waren die Quälgeister und Lieblinge des Herrn Amadäus, auf dem sie ritten, den sie pufften, und der unzählige Rosse und Wägen und Soldaten und Reiter und Pappschlösser in seiner Tasche auf das Nachbargut hinüber trug, bis endlich eines Tages unversehens seine Zeit aus war, und er sanft und selig verschied. Nach seinem Tode aber mußten wir noch einmal mit Rührung und Ehrfurcht auf den armen, vereinsamten, von uns oft verlachten Mann denken: denn als sein Testament eröffnet wurde, fand es sich, daß er Marianchen zur Erbin des Schlosses Weidenegg und einer ansehnlichen Ersparnis seiner alten Tage eingesetzt hatte. Nicht die Einsetzung war der schöne Zug; denn der Mann hatte ja gar keine Verwandte, sondern daß er es schon sieben Jahre vor seinem Tode (an Lulus Vermählungstag) getan hatte, und bei seiner Redseligkeit sieben Jahre davon schweigen konnte.

Marianchen heiratete endlich auch, aber auch wieder nicht den Universitätsfreund, sondern einen andern vernünftigen Mann, der aber nicht in diese Geschichte hereingehört, wenn er auch mein lieber, ehrlicher Schwager ist.

Vater und Mutter leben noch, sind alt, freundlich und glücklich – und ich endlich lebe auch noch, werde auch alt, habe noch nicht geheiratet, und fürchte bereits in die Fußstapfen des Herrn Amadäus zu treten, obwohl mir meine Advokatenpraxis noch nicht so viel eingetragen hat, daß ich ein Schloß und schöne Ersparnisse zu vererben hätte, wie er.

Der arme Wohltäter

Wir erzählen in den nachfolgenden Zeilen eine Tatsache, welche uns von einem Freunde mitgeteilt worden ist, der den Mann, von welchem die Tatsache ausgegangen ist, noch recht gut gekannt hat. So unglaublich es auch klingen mag, was dieser Mann sich vorgesetzt und seiner Meinung nach ausgeführt hat, so hat uns doch der eben angeführte Freund so viele einzelne Züge von ihm erzählt, daß wir begriffen, daß der Mann nicht nur diese Handlung unternehmen konnte, sondern daß er sie unternehmen mußte. Wir verzichten auf den Ruhm künstlerischer Gegenständlichkeit, die wir am Ende doch nicht erreichen würden, und erzählen durch das Auge unseres Freundes von dem Manne, wie er ihm erschienen ist, wobei wir uns nur zwei Dinge erlauben, die uns unerläßlich erscheinen: nämlich daß wir das, was uns der Freund in weit auseinander liegenden Zwischenräumen und ohne Ordnung erzählte, in eine Gattung Reihenfolge bringen, in der es sich zugetragen haben konnte, wann eines aus dem andern hervorgegangen ist – und daß wir in den die Wesenheit der Sache nicht berührenden Nebenumständen und Nebenhandlungen so viel veränderten, daß die noch etwa lebenden Verwandten des schon längst gestorbenen Mannes sich nicht unangenehm betroffen fühlen, wenn etwas zu größerer Verbreitung kommt, was sie nur einem kleineren Kreise bekannt glaubten. Es ist eine Eigentümlichkeit der menschlichen Natur – und ich glaube eine sehr schöne –, daß sie alles, was das Gefühl recht innig und in seinen reinsten Tiefen ergreift, vor den Augen der Menschen verbirgt, als dürfe es nicht in die Öffentlichkeit des Marktes. Mancher Lasterhafte verbirgt seine Laster nicht so sorgfältig, als mancher Tugendhafte seine Tugend – und gerade die größte und unbegreiflichste am meisten.

Wir lassen nun die Worte unseres Freundes, so viel wir uns derselben erinnern, und so viel wir es vermögen, ohne unserer eigenen Natur zu sehr Gewalt anzutun, folgen.

Ich habe einmal, sagt er, ein sehr seltsames Beispiel eines Menschen kennen gelernt, zu dem sich wenige emporschwingen würden, und den unter zehn Beobachtern neun tadelten. Es ist eine rührende Erscheinung, wenn die Vernunft als sittliches Gesetz in einem sehr hohen Maße vorhanden ist, und der Verstand als Ratgeber der Mittel nicht hinreicht. Ihr kennt alle das liebliche Dorf Ober-Schauen. Da ich in Wengendorf lebte, kam ich sehr oft hinüber. Der Pastor und seine Familie gewährten eine so einnehmende Erscheinung, daß, wenn man sich ihr einmal hingegeben hatte, man unvermerkt immer näher gezogen wurde, und bei jedem folgenden Besuche immer länger blieb. Auch war die Gegend ein Ding, das mich sehr lockte. Wenn man durch das buschige und struppige Bruchholz von Wengendorf gemach hinauf ging und auf den Hügel gelangte, jenseits dessen Ober-Schauen in seinem Tale im Schoße unzähliger Obstbäume lag, deren Anpflanzung ebenfalls der Pastor veranlaßt hatte: so konnte man nicht umhin, ein wenig stehen zu bleiben, und sich von dem unsäglich reinen und lieblichen Bilde gefangen nehmen zu lassen. Der Seele bemächtigte sich eine Ruhe und Einfachheit, mit der man dann zu der gleichfalls ruhigen und einfachen Pastorfamilie hinabging. Eines Tages war ich zu einem großen Feste bei dieser Familie geladen worden. Es war eine kirchliche Feier, die sich auf eine Begebenheit in der Entstehungsgeschichte der Kirche bezog, welche meinem Gedächtnisse nicht mehr gegenwärtig ist. Es waren viele Menschen aus der Umgegend geladen worden, und selbst aus größeren Entfernungen kamen manche herbei. Ich konnte bei der kirchlichen Feierlichkeit nicht sein, weil mich Berufsgeschäfte abhielten, die ich nicht verlegen konnte, aber ich versprach nach Beendigung meiner Geschäfte zu dem Reste des Festes zu kommen. Als mir dies möglich ward und ich zu dem Tore der Pfarrerswohnung hinein ging, erklärte mir der Geruch, der seitwärts aus dem Küchengange herauskam, und das freundliche, aber von der Wärme gerötete Angesicht der Pfarrerin, die flüchtig aus dem Küchenzimmer herausgrüßte, sogleich, daß die Tafel bereits begonnen haben müsse, und daß man hier für die Besetzung derselben arbeite. So war es auch. Da ich in das Speisezimmer trat, sah ich alle Tische, welche die Pfarrerswohnung besaß, aneinander gestellt, und daran saßen die sämtlichen Personen, welche heute geladen waren. Für mich war ein leerer Platz und ein noch unberührtes Gedecke aufbewahrt worden. Der Pastor stand auf, empfing mich an der Tür und geleitete mich zu meinem Platze, indem er der Gesellschaft meinen Namen nannte. Die mir unbekannten anwesenden Mitglieder würde er nach dem Mahle vorstellen und nennen, daß er nicht jetzt eine Reihe von Namen sagen müsse, die ich doch vielleicht wieder vergäße – und etwa lerne ich einige schon im Verlaufe des Speisens besser kennen, als wenn er mir nur den Namen gesagt hätte. Dieses geschah auch wirklich, und in der Tat. Als die Gerichte sich ablöseten und der gute, aber einfache Wein manche Zunge in Bewegung setzte, zeigte sich der Mann, der die Zunge führte, als das, was er im Herzen ist, und die Einzelheiten derer, die da sahen, begannen sich nach ihren Arten zu trennen. Nur ein einziger Gast war nicht zu erkennen. Lächelnd und freundlich saß er da, er hörte alles aufmerksam an, er wandte immer das Angesicht der Gegend, wo eifrig gesprochen wurde, zu, als ob ihn eine Pflicht dazu antriebe, seine Mienen gaben allen Redenden recht, und wenn an einem ganz anderen Orte das Gespräch wieder lebhafter wurde, wandte er sich gegen diesen und hörte mit derselben Aufmerksamkeit zu. Aber selber sprach er nicht. Er saß an der Tafel weder unter denen, die Anspruch auf die Plätze zu oberst haben, noch unter denen, die sich mit den untern begnügen müssen. Sein Anzug war der eines armen Landgeistlichen, für den ihn mir auch ein Nachbar, den ich fragte, bezeichnete. Über das weiße Linnengedecke der Tafel ragte seine schwarze Gestalt empor, die er, obwohl sie ohnedem nicht groß war, dennoch nie vollständig aufrichtete, gleichsam als hielte er das für unschicklich. Die winzig kleinen Läppchen von weißer Farbe – das einzige Weiße das er an sich hatte –, welche über sein schwarzes Halstuch herabhingen, bezeugten seine Würde. Dann folgte die Weste, welche sehr lang war und starke Knöpfe von schwarzem Bein hatte, damit sie so lange hielten wie der Westenstoff, der in seiner Beschaffenheit dartat, daß er ohnedem schon lange Dienste tue. Der schwarze Rock glänzte in etwas; auch war die Farbe nicht mehr so ganz schwarz, sondern ging ein wenig in das Fahlgraue. Die schwarzen Knöpfe waren ebenfalls von Bein. Der Stoff des Rockes war nicht Tuch, aber ich kannte nicht, was er war. Bei den Ärmeln gingen, wie er so saß, manchmal ein ganz klein wenig eine Art Handkrausen hervor, die er immer bemüht war wieder heimlich zurück zu schieben. Vielleicht waren sie in einem Zustande, daß er sich ihrer ein bißchen hätte schämen müssen. Obgleich ich nicht zu Anfange des Essens gekommen war, so sah ich doch noch, daß er sich von keiner Speise viel nahm, und daß er dem Diener, der sie darreichte, immer sehr dankte. Das Innere dieses Mannes war, wie ich sagte, nicht zu erkennen, obwohl sein

Äußeres ziemlich klar und fast weniger als unscheinbar war. Gerade darum aber erregte er meine Aufmerksamkeit.

Als endlich die drei verschiedenen Weine, womit wir geehrt wurden, ausgekostet waren, als das Obst und die Zuckersachen herumgegangen waren und man aufstand, sah ich auch die andern Teile seines Leibes und Anzuges, welche mir vorher der Tisch verdeckt hatte. Der Rock ging ziemlich weit hinunter. Die Beinkleider, von demselben Stoffe wie der Rock, reichten bis an die Knie, dann kamen schwarze Strümpfe, die fast grau waren, und endlich weite Schuhe mit sehr großen Schnallen. Die Schuhe waren grob und hatten sehr dicke, starke Sohlen. So stand er mit dem Rücken gegen das Fenster hinter allen, die sich zu Gesprächen nach dem Speisen zusammengestellt hatten, und lächelte, wie bei Tisch, wie aus Pflicht ihren Reden zu. Bald aber nahm er seinen Hut und Stock, um sich zu empfehlen. Der Hut war kein anderer, als man sie trug, nur in der Gestalt etwas veralteter, die Krempen gleichsam ein Schiff bildend, aus dem das kurze Rohr des Knaufes hinauf stieg. Zu dem übrigen Anzuge stand der Hut gut, er war abgegriffen, hie und da glänzend und rötlich. Der Stock war ein Rohr, das einen weißbeinenen Kopf und in dem Loche ein Messingschnällchen hatte, in dem staubig schwarze Quasten hingen.

Mit dieser Ausrüstung stand er vor unserm Wirte, dem Pastor, und auf dessen Frage, warum er schon gehe, antwortete er, daß er schon sehr Zeit habe, indem er fünf Stunden bis nach Hause zu gehen habe und bis dahin der tiefe Abend schon hereingebrochen sein werde. Er dankte sehr für das Essen, verbeugte sich mehrmals vor der Frau Pastorin, entfernte sich, und in kurzem sahen wir durch unsere Fenster die schwarze Gestalt zwischen den Saatfeldern dahin schreiten, wie er den Hügel, welcher das Dorf gegen Abend sanft begrenzt, hinauf ging, und auf dessen Kamme in die glänzende Luft verschwand.

Ich fragte, wer der Mann sei, konnte aber nichts erfahren, als daß er ein sehr armer Prediger in einer entfernten, wenig fruchtbaren Gegend sei, daß er sehr zurückgezogen lebe und selten einer Einladung wie der heutigen folge, um sein Pfarrhaus auf fast so lange, als ein Tag beträgt, zu verlassen.

Daß er arm sei, hatte ich wohl aus seinem Anzuge abnehmen können, und auch die andere Bezeichnung wäre nicht schwer zu erraten gewesen. Er hatte ein gewöhnliches, fast eingeschüchtertes Angesicht mit klaren blauen Augen. Die braunen Haare gingen schlicht gegen hinten zusammen, hatten hie und da schon weiße Fäden unter sich gemischt und zeigten dadurch an, daß der Mann in einem Alter sei, das sich den fünfzig Jahren nähern möge.

Ich hatte den Mann und das ganze Gastmahl bei der liebenswürdigen Pastorfamilie in Ober-Schauen schon längst vergessen, als mich einmal mein Beruf in Vermessung von dem schönen Wengendorf in eine fürchterliche Gegend rief. Es waren dort nicht etwa Wälder oder Schluchten, Abstürze und schäumende Wässer, sondern nur kleine, beinahe unbedeutende Kalkberge, die nicht einmal, wie es bei diesem Steingeschlechte sehr oft der Fall ist, steil abfielen und zerrissene Gestalten zeigten, sondern fast allenthalben in breiten Rücken auseinander lagen, nicht einmal nahe an einander geschoben waren, sondern ziemliche Räume zwischen sich ließen, die gleichsam wie Talwiegen um die einzelnen runden Hügel herum und durch das ganze Gewirre derselben liefen. Aber auf allen diesen Hügeln lag das Gestein bloß, es zeigte die gewöhnliche graue Farbe, hie und da gelbe Flecke, und wo eine Tafel oder ein Knollen abgebrochen war, den glänzenden Bruch. An den Seiten und an dem Fuße der Hügel waren Sandlehnen. Die Zirder ging in einem großen Schlangenbogen durch all das Ding hindurch, und ihr Wasser, das den Glanz des Himmels spiegelte, ferner die grünen Säume an ihren Ufern und manch anderer grüner Fleck, der dem Gesteine eingesetzt war, bildeten die ganze Abwechslung und Erquickung.

Als ich einmal abends von meinen Arbeiten nach Hause ging, saß mein armer Prediger auf einem Sandhaufen; er hatte die großen Schuhe beinahe in den Sand eingegraben, und die Schöße des Rockes wurden von demselben staubig. Ich erkannte ihn im Augenblicke, obgleich er noch schlechter gekleidet war als bei jenem Mahle, wo er vielleicht seinen Sonntagsanzug angehabt haben mochte. Seine Haare waren jetzt viel mehr grau, als hätten sie sich sehr beeilt, diese Farbe zu gewinnen – sein längliches Angesicht hatte deutlichere Falten, die nach der Länge an den Mundwinkeln herabgingen – die Augen aber waren gerade so blau und klar wie damals. An seiner Seite lehnte das Rohr, aber es war nicht jenes mit den grauschwarzen Quasten, sondern ein ganz einfaches ohne allem Schmucke.

Ich trat näher zu ihm hinzu, da ich meines Weges durch den Sand wanderte, und grüßte ihn. Er stand eilig auf, nahm den Hut, an dessen Filze nicht ein einziges Haar mehr war, von dem Haupte und dankte mir demütig für meinen Gruß. Auch jener Hut, den er bei dem Gastmahle gehabt hatte, mußte, so schlecht er war, dennoch ein Festtagshut gewesen sein, denn unmöglich, selbst bei absichtlicher Mißhandlung, hätte er zu dem Ansehen herunter gebracht werden können, das der gegenwärtige hatte. Der arme Prediger gab kein Zeichen, daß er mich erkenne; es konnte auch gar nicht möglich sein; denn bei jenem Mahle hatte er nur die Menschen im allgemeinen angeschaut und geehrt und sich dann zurückgezogen. Er stand also, da ich meines Weges nicht weiter ging, vor mir, sah mich freundlich an und lächelte. Ich fragte ihn, ob er sich denn meiner gar nicht mehr erinnere.

»Ich bin nicht der Ehre teilhaftig, daß ich noch weiß, wo Euer Wohlgeboren zu mir gesprochen haben«, antwortete er.

»Ich habe auch mit Euer Ehrwürden«, sagte ich, auf die Art seiner Höflichkeit eingehend, »nicht das Vergnügen gehabt, selber zu sprechen, sondern ich habe Sie nur vor einigen Jahren gesehen und habe Sie da auch mehrere Worte sprechen gehört.«

»Ich kann die Zeit nicht angeben«, antwortete er.

»Euer Ehrwürden sind doch derselbe Mann«, sagte ich, »der einmal bei einem kirchlichen Feste in dem Dorfe Ober-Schauen war, dann nach dem Feste bei dem Pastor von Ober-Schauen zu Mittag speiste, und nach dem Essen gleich zu Fuße fort ging, weil, wie er sagte, er noch fünf Stunden nach Hause zu gehen hatte.«

»Ja, ich bin der nämliche Mann gewesen«, antwortete er; »es war das hundertjährige Kircheneinweihungsfest, und ich bin dann den ganzen Rest des Nachmittags und einen Teil der Nacht nach Hause gegangen.«

»Und in dieser abscheulichen Gegend haben wir uns zufällig wieder gefunden«, sagte ich.

»Sie ist, wie sie Gott erschaffen hat«, antwortete er, »es wachsen hier nicht so viele Bäume wie in Ober-Schauen – aber manches Mal ist sie auch schön, und zuweilen ist sie schöner als alle andern in der Welt.« Als ich ihn um seinen Pfarrhof fragte, nannte er mir das Dorf, welches nicht sehr weit von dem Standpunkte, auf welchem wir sprachen, in dem nämlichen Steinreviere lag, in dem wir uns befanden. Weil er aber gleichsam befürchten mochte, daß ich seine Gastfreundschaft in Anspruch nehmen könnte, bot er sich wiederholt an, wenn ich etwa in der Gegend eine Wohnung hätte, mich dahin zu führen, da er überall sehr wohl bekannt sei. Ich dankte ihm und versicherte, daß ich allerdings auf einige Zeit hier eine Wohnung habe, aber daß ich schon sehr gut allein dahin finde. Hierauf tat ich noch Ehren halber einige Fragen über verschiedene Punkte der Gegend an ihn, die er sehr freundlich beantwortete, und verabschiedete mich dann. Ich sah den Mann desselben Abends noch einmal, aber ohne daß er etwas davon wußte. Weil ich des andern Tages mehrere meiner Leute ziemlich weit wegschicken mußte, so machte ich, da ich von dem Pfarrer wegging, einen Umweg, um mir mehrere Punkte zu zeichnen, damit ich ihnen, weil hier so ziemlich ein Hügel dem andern gleich sah, den Weg angeben könnte, den sie einschlagen müßten. Ich kam hiebei in der Nähe des Dorfes, in welches der Pfarrer gehörte, vorbei, und da ich um einen Sandbruch bog, sah ich ihn ein wenig weiter unten an mehreren Blöcken vorbeigehen, die einmal abgebrochen und in dem Sand liegen geblieben waren. Er hatte ein Stück schwarzen Brotes in der Hand und aß davon. Es dämmerte schon sehr stark, – er bog links noch weiter in die Tiefe des Tales, ich ging rechts in die Berglehnen hinein und hatte noch ein gutes Stück Weg zurück zu legen, bis ich nach Hause kam.

Dies war mein zweites Zusammentreffen mit dem armen Prediger.

Daß ich ihn nun nicht wieder so schnell vergaß, wie damals nach dem Kircheneinweihungsfeste bei dem Pastor in Ober-Schauen, war natürlich; denn die ungemeine Armut, welche sich in seinem ganzen Wesen so sehr aussprach, wie ich sie noch niemals bei Menschen oberhalb des Bettlerstandes angetroffen habe, namentlich nicht bei solchen, welche den andern als Muster der Nettigkeit und Ordnung voran zu leuchten haben, reizte im mindesten doch die

Neugierde, wenn sich auch nicht ein edleres Gefühl der Teilnahme hinein gemischt hätte, wie es damals wirklich in meinem Herzen war. Zwar nett und ordentlich war er in seinem Anzuge auch, es war durch Bürsten und Zurechtlegen alles Mögliche gemacht, was man aus so herabgebrachten und verbrauchten Kleidern machen konnte, aber durch diesen Reinlichkeits- und Ordnungssinn wurde die unsägliche Dürftigkeit, die um das Ganze schwebte, nur desto einleuchtender sichtbar.

Ich kannte Gargen, so hieß das Dorf, in welchem sein Pfarrhaus stand, sehr gut, war schon mehrere Male durchgegangen und hatte den Pfarrhof, welcher nebst der Kirche außerhalb der andern Häuser gegen die Berge zu stand, angeschaut. Einmal, als ich über den Steg, der dem Pfarrhause schief gegenüber über die Zirder führt, gegen die grüne Wiese hinüberschritt, welche ziemlich tief gerade von den Fenstern des Pfarrhauses liegt, sah ich ein ungemein reizendes weibliches Angesicht bei einem der Fenster des ersten Geschosses heraus schauen. Auch hingen an einigen der Fenster Linnenstücke heraus, welche dort wahrscheinlich trocknen mußten. Ich ging aber niemals in das Pfarrhaus hinein, um einen Besuch zu machen, weil ich mir dachte, daß der Pfarrer meinen würde, mir mit irgend etwas Eßbarem und Trinkbarem aufwarten zu müssen, was ihn etwa in eine große Verlegenheit hätte bringen können. So ging ich auch damals auf dem Pfade, der in einiger Entfernung von dem Pfarrhause durch die Wiese läuft, dahin, und lenkte in die Kalksteingefilde hinein, in denen in noch bedeutender Entfernung erst das Gasthaus lag, in dem ich für die Dauer meiner Geschäfte meine Wohnung aufgeschlagen hatte.

Es war ringsherum kein ordentliches Haus zu sehen, nur sehr schlechte Hütten lehnten sich hie und da, in großen Entfernungen von einander zerstreut, an die heißen Kalksteine an, und oberhalb kletterten eine oder zwei magere Ziegen und suchten das wenige Gras und Laub zu gewinnen, welches zwischen den Gesteinen hervor sproßte. Ein Kartoffelfeldchen, oder besser gesagt, ein Gärtchen mit Steinen umlegt, war die Zugabe, welche bei solchen Hütten niemals fehlte.

Der Pfarrer machte gegen Abend gerne einen Spaziergang. Ich kam dahinter, als ich einmal, es war gerade im Hochsommer, in der

Gegend, die nahe an seinen Bezirk grenzte, vorzugsweise meine Arbeit hatte. Da schlenderte ich auch noch, nachdem ich meine Leute entlassen hatte, was ungefähr um vier Uhr war, wo wir aufhörten und jeder sich erst sein Mittagsmahl suchte, täglich gerne ein wenig in dem Gesteine herum, ehe ich den Rückweg antrat, der mich zu meinem bescheidenen Gasthofe führte. Und bei diesem Herumschlendern sah ich auch den Pfarrer. Er ging gewöhnlich zwischen den Steinen dahin, von denen er sich, von weitem sichtbar durch seine schwarze Gestalt, abhob, dann saß er auf eines der Steinstücke, oder, wie wir oben gesehen haben, auch auf eine Sandlehne nieder, schaute so herum und war der einzige dunkle Punkt in der gräulich dämmernden oder unter den Strahlen der herabsinkenden Sonne auch matt rötlich beleuchteten Kalkflur. Dann stand er auf und ging fort. Er ging entweder nach Hause, oder er ging noch weiter in irgend einem der vielfach verschlungenen Täler herum, die, wie wir sagten, die runden Kalkfelsen umkreiselten und meistens trocken und sandig waren. Weil wir nun beide den Abend in derselben Gegend verschlenderten, so konnte es nicht fehlen, daß wir uns auch sahen und trafen. Ich ging ihm einmal zu und redete mit ihm. Das Gespräch war sehr einfach und betraf die gewöhnlichen Gegenstände, die zwischen Leuten abgehandelt werden, die sich noch so gut wie gar nicht kannten und wovon wenigstens der eine, wie ich vermutete, eine Art Mißtrauen hegen mochte. Wir redeten von dem Wetter, von den schönen Abenden, die immer sind, und von der Hitze, die unter Tags herrschte, und von andern dergleichen Dingen. Ich sagte ihm auch, um ihn unbefangener zu machen, daß ich in dem Gasthofe an der Knorstraße wohne, daß ich dort sehr zufrieden sei und daß mir der Weg dahin in der Kühle des Abends und in dem ersten Teile der einrückenden Nacht sehr angenehm sei, wenn ich auch unter Tags viel herumgegangen bin und viel zu arbeiten gehabt habe. Er knöpfte seinen Rock zu, stand vor mir und hörte mich an.

Manchmal ging er unten in einem Tale, ich ging oben vorbei; manchmal kamen wir uns so nahe, daß wir uns grüßen und die Hüte vor einander abziehen konnten.

Ein zweites Mal, da wir uns sprachen, sagte ich ihm, weshalb ich in der Gegend sei, daß mich nämlich die hohen Ämter beauftragt hätten, die Landschaft abzumessen, damit Karten davon gemacht werden könnten, daß ich viele Leute unter mir habe, daß wir immer sehr früh des Morgens ausrückten und daß ich gegen vier Uhr nachmittags die Leute entlasse, damit sie essen und ausruhen könnten, daß ich selber immer eine Flasche Wein und etwas kalte Speisen mithabe und daher erst abends ein warmes Mittagsmahl einnehme. Ich zeigte ihm auch etwas von meinen feineren Geräten, die ich eben bei mir hatte. Diese abendlichen Zusammenkünfte wurden Ursache, daß ich noch mehr von dem Manne erfuhr, obgleich dieses Mehr noch wenig genug war. Die Anwohner des Pfarrhofes über ihn auszuforschen, war nicht meine Sache; in dem Gasthofe, in welchem ich wohnte, wußten sie gerade so viel wie ich, nämlich, daß der Prediger im ganzen sehr arm sei, daß er immer so vereinsamt herumgehe und mit wenigen Menschen etwas spreche, und meine Leute kümmerten sich nicht weiter um ihn, als daß sie, wenn sie ihn sahen, den Hut abnahmen und ihn grüßten. – Es war eines Tages ganz besonders dunstig gewesen, die Sonne hatte den ganzen Tag nicht aufgeschienen, aber dennoch hatte sie den matten Schleier, der den ganzen Horizont bedeckte, so weit durchdrungen, daß man ihr blasses Bild immer sehen konnte, daß um alle Gegenstände des Steinlandes ein wesenloses Licht lag, dem kein Schatten beigegeben, und daß die Blätter der wenigen Gewächse, die zu sehen waren, geröstet wurden; denn obgleich kaum ein halbes Sonnenlicht durch die Nebelschichte der Kuppel herabdrang, war doch eine Hitze, als wären drei Tropensonnen am heiteren Himmel und brennten alle drei nieder. Wir hatten unsäglich viel gelitten. Ich entließ meine Leute schon um zwei Uhr und hatte mich selber unter einen Steinüberhang gesetzt, der eine Art Höhle bildete, in welcher es bedeutend kühler war als heraußen in der freien Luft. Ich las in der Höhle.

Gegen Abend wurde, obwohl dies häufig an solchen Tagen geschieht, die Wolkenschichte nicht zerrissen; sie wurde auch nicht dichter, sondern lag in derselben einfarbigen Art, wie den ganzen Tag, über den Himmel. Ich ging daher sehr spät aus der Höhle; denn so wie die Schleierdecke am Himmel sich nicht geändert hatte, so war die Hitze am Abende kaum weniger geworden, man hatte keinen Tau zu erwarten, und es ging kein Lüftchen. Ich wandelte langsam an einem kargen Rasen, der von den Steinen herunter ging, dahin, weil ich sehr ermüdet war; da stand auf einem Hügelpunkte, über den der Weg ging, der Pfarrer. Wir grüßten uns, er kehrte um, wenn er vielleicht des Weges gegen mich hergegangen war, und wir gingen mit einander nach derselben Richtung fort. Auch auf den Mann mußte die Hitze Einfluß gehabt haben, denn es standen ihm sehr viele feine Wassertröpfchen auf der blassen Stirne. Er fragte mich, wo wir heute gearbeitet hätten, und ich sagte es ihm. Ich erzählte ihm auch, daß ich in einer Höhle gesessen sei und gelesen habe, ich beschrieb ihm die Gegend und zeigte ihm das Buch.

Der Mann schien etwas ängstlich zu werden. Er nahm den Hut ab, strich sich die dünnen Haare noch mehr nach rückwärts zusammen, wie er sie ohnehin zu tragen gewohnt war, tat die vorderen gegen die Schläfe und setzte den Hut wieder auf.

Endlich sagte er: »Es wird gar nicht mehr möglich sein, daß Sie das Wirtshaus an der Knorstraße erreichen.«

Ich sah gegen den Himmel. Die Wolkendecke schien dichter geworden zu sein, und auf allen den kahlen Steinbergen, die wir zufällig von unserem Wege aus in einer großen Breite übersehen konnten, lag ein unsäglich sonderbares, bleifarbenes Licht.

»Wenn es möglich wäre,« fuhr er nach einer Weile, ohne eine Antwort von mir zu erwarten, fort, »wenn Sie sich in einen kleinen Raum fügen könnten, so würde ich Sie recht gerne einladen, eine Nacht bei mir zuzubringen.«

Das »Euer Wohlgeboren« und »Euer Ehrwürden« war schon früher aus unseren Gesprächen auf meine herzliche Bitte verbannt worden. Ich sagte daher: »Wenn nur ein gewöhnlicher Landregen auf diesen heißen Tag aus der sich verdichtenden Wolkendecke folgen sollte, so hindert mich derselbe ganz und gar nicht, nach Hause zu gehen.

Ich bin nach der Natur meiner Beschäftigungen auf so etwas immer gefaßt – ich nehme nur mein feines Wachstaffetmäntelchen aus der Tasche heraus, setze es auf und gehe fort. Sollte aber der Regen sehr heftig, etwa ein Platzregen, Gewitterguß oder Wolkenbruch werden, so nehme ich Ihre Einladung recht gerne an und werde auf keine Weise lästig sein und die gewohnte Ordnung des Hauses stören. Da aber unser Weg, den wir eben gehen, sowohl gegen meinen Gasthof hinführt als gegen Ihren Pfarrhof, so können wir unterdessen auf ihm fortwandeln und sehen, wie sich die Sachen gestalten werden, nach denen wir dann diese oder jene Maßregel treffen können.«

»Das können wir auch tun,« antwortete er, »in mein Pfarrhaus kommen wir noch sehr leicht, ehe der Regen kömmt, aber in die Knorstraße geht es nicht mehr, ich glaube, ganz und gar nicht.«

Wir gingen daher auf unserem Wege fort. Bald flog ein Schein über die Gegend wie ein mattes plötzliches Erleuchten. Es war ein stummes Blitzen gewesen, das bei dem immer mehr heranrückenden und dunkelnden Abende auf die Gegenstände sein Licht geworfen hatte. Auch an dem Himmel zeigte sich schon, daß ein Gewitter kommen würde, aber daß dasselbe noch nicht so bald eintreffen könne. Ungleich dem gewöhnlichen Heranrücken der Gewitter, welche nämlich in einer zarten bläulichen Wand meistens den Westhimmel einnehmen, von da vorrücken und die Sonne überfluten, war dieses gleichsam ein stille stehendes, welches sich aus dem vorhandenen Wolkenschleier entwickelte. Derselbe wurde nämlich immer dichter und an einer Himmelsstelle, die gerade hinter uns lag, immer dunkler. Aber es ging hiebei kein Lüftchen, und die Hitze, schien es, minderte sich gar nicht.

Ich weiß nicht, wie ich darauf kam, – aber ich fragte den Pfarrer, wie wir so fort gingen, ob er verheiratet sei?

»Ich verheiratet?« antwortete er, »ach, denken Sie nicht so etwas!«

Hiebei war er rot geworden, als ob ein schöner, sanfter Rosenhauch über seine alternden Züge gegangen wäre.

Ich fühlte, daß ich eine ungeschickte Frage getan habe. Wie mochte auch so etwas sein? Dann würde ihn die Gattin nicht so arm und unscheinbar herum gehen lassen, oder er würde sie nicht ernähren können. Ich wurde mir aber auch bewußt, warum mir die Frage in den Sinn gekommen war. Da wir uns nämlich dem Pfarrhofe näherten, fiel mir das angenehme weibliche Angesicht ein, welches ich einmal aus einem Fenster des oberen Geschosses herausschauen gesehen hatte.

Wir gingen weiter, und ich sah bald, daß er recht habe, daß ich mein Gasthaus an der Knorstraße nicht würde erreichen können. Die Blitze wurden immer häufiger, und da, teils wegen des hereinbrechenden Abends, teils wegen der immer dichter werdenden

Wolkendecke, die Finsternis zunahm, so erschienen sie stets greller. Der bleiche, ausgedörrte Kalkstein, den wir in der Dunkelheit des Abends kaum sahen, oder wo dies der Fall war, nicht hell, sondern mit derselben graublauen Farbe, wie die Wolken bedeckt wahrnahmen, stand, wenn ein Blitz fiel, weit hin sichtbar in rosenroter Farbe da. Auch die Donner gaben sich schon in einem langsamen und fernen Rollen kund, das von Zeit zu Zeit vernehmlich wurde.

So erreichten mir endlich den Pfarrhof bei ziemlicher Dunkelheit, die wegen der Wolken früher hereingebrochen war, aber bei noch unverminderter Wärme und gänzlicher Windstille.

»Sie sehen es schon,« sagte der Pfarrer, »daß der drohende Regen kein feiner Landregen, wie Sie's nennen, werden wird, sondern ein Gewitter, das einen mäßigen Regen herabschütten kann, oder auch einen Wolkenbruch oder schwächeren und stärkeren Hagel. Da wir dies nicht wissen, so ist das Bessere, daß Sie bei mir bleiben und in der Nacht sich nicht dem ungewissen Übel aussetzen. Ich kann es nicht zugeben.«

»Ich sehe selber,« antwortete ich, »daß ich durch mein langes Bleiben in der kühlen, anmutigen Höhle die Zeit vergeudet habe, die mir zu meiner Rückkehr nach Hause gegönnt gewesen war, und daß ich dadurch in der Lage bin, Ihnen beschwerlich werden zu müssen. Ich gehe daher mit Ihnen und wiederhole nur meine Bitte, daß Sie an diesem Abende auf mich gar keine weitere Rücksicht nehmen, gerade so, als ob Sie ganz allein wären. Ich habe sogar noch Wein im Vorrate, weil ich ihn in der Tageshitze nicht trinken konnte, auch kalte Speise findet sich – und daher ist das Obdach das einzige, welches ich in Anspruch nehme. Auch kann sich ja in kurzem zeigen, ob das Gewitter hier zum Ausbruche kommen wird, oder ob es sich nach einer andern Seite landauswärts zieht. Im letzteren Falle werde ich auf gar keine Weise zur Last fallen, sondern meinen Heimweg antreten, namentlich, da ich früh auf muß, um meinen Arbeitern ihre Weisungen zu geben, und mir selber mein Tagewerk einzuteilen.«

»Sie können alles tun, wie es Ihnen am besten dünkt«, sagte er; »ich werde Ihnen geben, was ich habe, und bitte Sie, dasselbe freundschaftlich anzunehmen.«

Während wir so redeten, sahen wir schon, daß das Gewitter nicht etwa, wie ich aussprach, landauswärts ziehe, sondern daß gerade unsere Gegend sein Schauplatz werden würde. Auf der einfarbigen, nur immer dunkler werdenden Wand des Himmels zogen sich weiße laufende Nebel herauf, die in langen, wulstigen Streifen wagrecht den untern Teil der Wand säumten, also dort schon Wind anzeigten, obwohl sich bei uns an dem Baume und den Geträuchen, die den Pfarrhof umgaben, noch kein Blättchen und kein Hälmchen rührte. Solche laufende, gedunsene Nebel sind bei Gewittern oft schlimme Anzeichen, denn sie verkünden immer großen Sturm, sehr oft bedeutenden Hagel oder zerstörende Wolkenbrüche. Es sind die zarten unsichtbaren Dünste des Himmels, die in der Hitze des Tages im unermeßlichen Raume unschädlich aufgehängt waren, nun aber, plötzlich in kalte Stellen gelangend, alsogleich Nebelballen bilden und ihre ungeheuren Massen, seien es zusammengeschossene Tropfen, seien es verdichtete Eisstücke, ohne Säumnis herab schleudern.

Rings in der ganzen Gegend war, wie ich wußte, keine einzige Hütte und kein Haus, in welchem ich Unterstand hätte finden können: wir gingen daher in das Haus des unendlich armen Pfarrers hinein. »Es wird wohl sehr enge sein,« sagte er, »Sie müssen sich daher fügen, wie es eben gehen will.«

Mit diesen Worten hatten wir die Schwelle des Tores überschritten und befanden uns in dem sogenannten Vorhause. Es war dies, so viel ich in der Dämmerung erkennen konnte, ein etwas enger, gewölbter Gang mit Nischen, der zu der Gegend rückwärts führte, von welcher die Stiege in das obere Geschoß hinauf leitete. Allein statt diese Treppe zu besteigen, wie ich erwartet hatte, gingen wir hart vor ihr sechs andere Stufen, die sich in einer der Nischen verborgen hatten, hinauf und traten in ein Gemach, das aber schier nichts anders war als wieder eine Fortsetzung des Vorhauses oder höchstens ein Vorgemach. Es war gewölbt, und unter einem der Gewölbbogen, welcher in der Mauer angebracht war, stand eine hölzerne Bank, ziemlich breit und mit dem oberen Ende wie zu dem Kopfende eines Schlaflagers sanft empor gebogen. Dies war das einzige Geräte, das sich in dem Zimmer befand. Das Zimmer erinnerte mich lebhaft an ein Gefängnis. Wir gingen durch dasselbe hindurch und gelangten in ein zweites, welches aber nicht, wie ich vermutete, das Hauptgemach, sondern, wie sich bald auswies, ein Nebenzimmer war. Es hatte nur ein Fenster, während das erste durch zwei erleuchtet wurde; es war daher auch bedeutend schmäler als das erste. Alle drei Fenster, welche vergittert waren, sahen auf die schöne Wiese hinaus, welche, wie ich schon bei einer früheren Gelegenheit bemerkt hatte, dem Pfarrhofe gerade gegenüber lag, ziemlich tief gesenkt war und auf welche man über die Zirder herüber kam, wenn man den Steg derselben, der schief hinüber von den Pfarrfenstern gesehen werden konnte, überschritten hatte. Die Fenster waren ziemlich hoch gelegen, und man mußte von ihnen aus einen beträchtlichen Teil der Gegend übersehen können, was ich selbst jetzt, obwohl es bedeutend dunkelte, wahrnahm, indem ein großer Teil der Gewitterwand mit den weißen, laufenden Nebeln in ihrem Rahmen stand.

»Legen Sie doch Ihre Sachen ab und setzen Sie sich nieder«, sprach der Prediger.

Ich sah bei diesen Worten, daß in der Kammer, so konnte man füglich das Nebenzimmer nennen, doch etwas von Geräten sei. Es war ein Tisch da, drei Stühle und eine ähnliche Bank wie in dem größeren Gemache. Alles war von weichem Holze, und, mit Ausnahme der Bank, mit dunkelgelber Ölfarbe gestrichen. Außer diesen Dingen war aber nichts. Selbst die Wände, die übrigens sehr weiß getüncht waren, waren kahl, und nicht das kleinste, schlechteste Bildchen hing daran.

Ich legte auf die Einladung des armen Pfarrers meine Sachen ab, als da sind: einen Rock und Hut, ein Lederfach mit Zeichnungsgeräten, das ich gerne an einem Riemen trug, und eine Tasche, in welcher meine flache Weinflasche und kalte Speisen waren. Ich selber setzte mich auch auf einen der Stühle nieder.

»Das sind meine zwei Zimmer, und diese Zimmer sind meine Wohnung«, sagte der Prediger; »es ist wohl noch eine Kammer vorhanden, in welcher meine Kleider und andere Dinge sind, aber diese ist nicht zu der Wohnung zu rechnen, weil sie nur ein Aufbewahrungsort ist. Es ist einfach bei mir, wie es sich wohl für einen Verkünder des Evangeliums ziemt, das auch nicht von dieser Welt ist.«

Ich wollte ihn gewissermaßen trösten und sagte, daß es sehr bequem sei, daß wir sehr gut hier sitzen, wenn es draußen losbrechen und Wassermengen auf alle Wesen herabschütten wird.

Er lächelte freundlich und sagte: »Ich werde Ihnen verschiedene Dinge herbei bringen, die Sie brauchen und die noch nicht da sind, damit Sie nicht zu hart in meiner Wohnung daran sind.«

Nach diesen Worten ging er hinaus, und ich blieb in dem dunkelnden Gemache sitzen. Er brachte zuerst eine wollene Decke herein, die er vierfach über einander gefaltet auf die hölzerne Bank legte, dann tat er ein Leintuch glatt gestrichen darüber, legte auf das hölzerne emporstehende Kopfende einen Polster und gab eine zweite Decke als Hülle auf das Ganze. Dies mochte mein Bett sein. Ich weigerte mich nicht gegen diese Vorrichtungen, denn sie waren wirklich einfach genug – und auch mochte ihn eine Weigerung verletzen. Er hatte bei diesen Arbeiten seinen Rock ausgezogen, höchst wahrscheinlich um ihn zu schonen, und ach Gott, wie armselig war doch dieser Rock, nicht nur heute, sondern vielleicht schon vor langem würdig, daß er weggeworfen werde. Die Hemdärmel, die zum Vorscheine kamen, schienen mir, nach Art ihrer Faltenbrechung, denn genau konnte ich in der Dunkelheit nichts mehr unterscheiden, eher fein als grob zu sein; sie hatten Händekrausen, die aber unter Tags immer in die Rockärmel zurückgebauscht wurden, und waren sehr weiß gewaschen.

Das Nächste, was er nun tat, war, daß er Licht brachte.

Er stellte nämlich einen hölzernen Leuchter mit einem Talglichte auf den Tisch, weil, wie er bemerkte, wegen des Gewitters die Finsternis früher käme als sonst. Neben den Leuchter legte er eine gelbe messingene Lichtputze.

Ich hatte mir vorgenommen, in alle seine Anstalten kein Wort einzureden, daß er nicht etwa verwirrt und in unerwartete Verlegenheiten gesetzt werde. Das Licht des Zimmers machte die Fenster plötzlich schwarz, durch die man bisher noch immer das herannahende Gewitter gesehen hatte, das unbegreiflich lange zauderte; denn noch kein einziges Lüftchen hatte sich gehoben, obgleich die Blitze stets dichter und feuriger wurden und das langsame Dröhnen der fernen Donner in dem Gemache gehört und fast durch Erschütterungen empfunden wurde.

Er blieb nun, nachdem er sich neuerdings entfernt hatte, ziemlich lange aus. Endlich trat er aus dem größeren Zimmer, in welchem kein Licht war, sondern nur der von unserer Kerze hinausfallende Schein, wieder in die Kammer herein und setzte etwas auf einen in der Dunkelheit des Hintergrundes stehenden Stuhl. Unter dem Arme nahm er ein weißes, feines Tuch hervor und bedeckte damit den Tisch; dann brachte er das, was er auf den Stuhl gesetzt hatte, hervor. Es war ein Krüglein mit Milch nebst zwei Gläsern, was alles auf einem Teller stand. Dann waren noch Erdbeeren, die sich in einem grün glasierten Schüsselchen befanden. Er rückte die Dinge vor mich hin, teilte mir und sich ein Glas zu, schnitt schwarzes Brot von einem Laibe, der in der Tischlade lag, auf einen Teller, legte ein Messer und ein Löffelchen vor mich und holte dann noch einen Krug frischen Wassers, zu dem er noch zwei Gläser brachte. Hierauf legte er, ohne ein Wort zu reden, seinen Rock wieder an und trat vor den Tisch. »Den Segen«, sagte er, »spricht meistens jeder Mensch gerne allein, ich tue es auch immer so.«

Hierauf machte er ein Kreuz, faltete die Hände vor dem schwarzen, schlechten Rocke, sah vor sich hin und rührte keine Lippe, indem er innerlich betete.

Ich tat desgleichen, indem ich ebenfalls aufstand.

Dann setzten wir uns nieder, und er sagte: »Es ist ein einfaches Mahl, aber gut. Die Alten hatten es auch so.«

Zugleich geschahen die ersten Stöße des Gewitterwindes auf unser Haus. Der Baum, welcher seitwärts des Einganges stand, schauerte einen Augenblick leise, wie von einem kurz abgebrochenen Lüftchen, dann ward es wieder stille. Über ein Kleines kam das Schauern abermals, jedoch länger und tiefer. Nach dem kleinsten Zeitabschnitte Ruhe geschah ein starker Stoß, alle Blätter rauschten, die Äste mochten zittern, wie wir den Schall herein vernahmen, und nun hörte das Tönen gar nicht mehr auf. Der Baum des Hauses, die Hecken um dasselbe und alle Gebüsche und Bäume der Nachbarschaft waren in einem einzigen Brausen befangen, das nur wechselnd abnahm und schwoll. Doch war der Kern des Gewitters noch nicht da; denn die Blitze waren noch ein verschwommenes Aufleuchten, feine Schlangen, und der Donner rollte noch entfernt, aber schon deutlicher und dringender.

Wir saßen indessen bei dem Mahle. Ich aß die ungezuckerten Erdbeeren mit dem Löffelchen, das Brot hatte ich mir mit dem Messer nicht in kleine Teilchen geschnitten, sondern ich hielt das ganze Stück in der Hand, und aus dem Glase mit Milch tat ich von Zeit zu Zeit einen Schluck. Mein Wirt machte es genau so – machte er es nun mir nach, oder ich ihm, oder lag es in der Natur der Sache. Wir aßen alle Erdbeeren und tranken alle Milch. Ich erklärte ihm, daß das Mahl sehr erfrischend und gut war – und in der Tat, es war nach dem heißen Tage wirklich erfrischend, und es wäre hinlänglich gut und genug gewesen, aber ich sagte dennoch, er möge erlauben, daß nun auch ich ihn ein wenig bewirte. Ich stand auf, holte mein Wanderfell, tat Sachen daraus hervor, nahm das Messer, mit dem er Brot geschnitten hatte, wickelte die Lebensmittel aus ihrem Papiere und schnitt dünne Scheibchen von Braten und Schinken auf den Teller. Auch weißes Brot war in der Tasche, und ich legte mehrere Stücke vor. Hierauf schenkte ich noch aus der flachen Wanderflasche, die in dem Fache angeschnallt war, zwei Gläser guten Weines voll. Nachdem diese Dinge geschehen waren, lud ich ihn ein, nun auch von meinem Vorräte zu genießen.

Er nahm, um mir die Ehre anzutun, ein winziges Scheibchen Braten, Schinken und Brot, nippte an dem Glase und war nicht mehr zu bewegen, etwas weiter zu nehmen.

Unser Mahl war also aus; denn auch ich nahm nun von dem, was da stand, nichts mehr, damit es nicht schiene, als wäre mir seine Bewirtung zu wenig gewesen, oder als verachtete ich dieselbe.

Da wir nicht mehr aßen, stand ich auf, was er sogleich auch tat, wir dankten Gott wieder stumm, und ich dankte dann ihm, wobei er sich sehr freundlich und sehr tief verbeugte.

Hierauf sagte er: »Euer Wohlgeboren mögen nun tun, was Ihnen gefällt, ich werde Gesellschaft leisten. Sie mögen bei Tische sitzen bleiben und das Gewitter abwarten, oder Sie mögen auf und nieder gehen, oder Sie mögen sich zur Ruhe verfügen.«

»O nein,« antwortete ich, »ich kann Euer Ehrwürden diesen Zwang nicht auflegen, es wäre mir selber ein Zwang. Zeigen Sie mir nur den Platz, den ich über Nacht benützen darf, und verfügen Sie sodann über Ihre Zeit, wie Sie es taten, wenn ich nicht hier wäre. Sie würden etwa zur Ruhe gehen, tun Sie es ja, ich werde es dann auch tun.«

»Die Ruhe möchte das Beste sein,« erwiderte er, »denn man weiß nicht, wie lange das Gewitter dauert, und um Schonung kann ja auch jeder Gott in der Ruhe bitten. Wenn Sie es so wollen, so ist hier Ihr Bett, das ich bereitet habe, ich werde hinausgehen und mich in dem Nebenzimmer auf mein Lager legen. Aber nur wie Sie wollen. Wenn Sie etwas brauchen, so rufen Sie nur, ich werde aufstehen und kommen. Das Licht können Sie brennen lassen, so lange Sie wollen, ich brauche keines.«

Nach diesen Worten blieb er stehen, gleichsam Befehle erwartend.

Ich sagte: »Euer Ehrwürden haben zu verfügen; ich bin ein Gast, möchte so wenig Störung als möglich verursachen, und darf nur auf Duldung für diese stürmische Nacht Anspruch machen. Schlafen Sie ja recht wohl, ich wünsche eine sehr gute Nacht.«

»Ich auch eine sehr gute,« sagte er, indem er sich verbeugte, »rufen Sie nur, wenn Sie etwas brauchen.« Dann ging er zu dem Tische, nahm aus der Lade, wo sein Brot gelegen war, ein sehr großes Buch heraus, küßte es und ging damit in das erstere der zwei Gemächer hinaus. Ich sah zu, was er beginnen würde, so viel ich in der Dämmerung, die draußen herrschte, sehen konnte. Hiebei entledigte ich mich selber meiner Oberkleider. Er ging aus dem Gemache fort und kam nach einer Weile wieder. Er war in der Kleiderkammer gewesen, von der er früher gesprochen hatte; denn er war nun ohne Oberrock, Weste und Priesterhalstuch; dafür hatte er eine Art Überleib an, der aus grauer Wolle gestrickt und mit Ärmeln versehen war. In dieser Bekleidung legte er sich nun auf die bloße hölzerne Bank, die ich bei unserem Eintritte in diese zwei Gemächer unter der Mauerwölbung gesehen hatte. Das große Buch tat er unter sein Haupt.

»Mit nichten, hochwürdiger Herr,« rief ich, indem ich schnell in das Zimmer zu ihm hinausging. »Sie dürfen nicht auf diesem Lager schlafen, während ich das bessere hätte; ich bin durch meinen Stand gewohnt, auf allen Arten von Lagern zu schlafen, auf Kissen, Decken, Stein oder Holz. Lassen Sie mich hier liegen und nehmen Sie das Bett, das Sie für mich bereitet haben.«

»Ich bin es auch durch meinen Stand gewohnt«, antwortete er. »Ich liege alle Tage hier, wenn auch niemand da ist, und schlafe sehr gut und sehr wohl, weil ich es lange gewohnt bin.«

»Genau so, wie Sie jetzt sind, schlafen Sie alle Nächte auf dieser Bank?« fragte ich.

»Genau, wie ich jetzt bin, schlafe ich alle Nächte hier«, antwortete er.

»Sie bringen aber auch gewiß nicht meiner Bequemlichkeit ein Opfer?« fragte ich, noch immer mißtrauisch zögernd.

»Nein, ich tue es wahrhaftig nicht,« erwiderte er, »es ist schon eine sehr lange Zeit, daß ich angefangen habe, in den Kleidern, in welchen Sie mich sehen, auf dieser Bank zu schlafen und das Buch mir unter das Haupt zu legen.«

Ich schwieg, denn die Worte waren so einfach sicher gesagt, daß ich an ihrer Wahrheit nicht den geringsten Zweifel haben konnte.

Nach einer Weile sagte ich: »Wenn es eine alte Gewohnheit ist, hochwürdiger Herr, so zu schlafen, dann kann ich freilich nichts mehr einwenden; aber Sie werden auch begreifen, daß ich anfangs dagegen sprach, weil man gewöhnlich überall ein Lager hat.« «Ja wohl,« antwortete er, »wir gewöhnen uns an verschiedene Dinge, und dann meinen wir, es müsse gerade so sein, die Gewohnheit ist zuletzt sehr leicht, sehr leicht.«

Ich sagte nun nichts weiter über diesen Gegenstand, um sein Zartgefühl nicht zu verletzen, und ging in mein Zimmer hinein. Hier zeigte sich sofort die tatsächliche Bestätigung seiner Worte; denn als ich zu dem Zwecke einer Untersuchung das Talglicht nahm und die Decken und Hüllen meines Lagers erleuchtete, so erkannte ich aus dem scharfen rechtwinkeligen Faltenbruche und aus der Einteilung in lauter viereckige Tafeln, daß sie frisch gereinigt, zusammen gelegt und gepreßt gewesen seien, und aus dem schwach dumpfen Gerüche ergab sich, daß sie zusammengefaltet lange gelegen waren. Er hatte diese Dinge also in der unmittelbar vergangenen Zeit nicht gebraucht. Besaß er noch andere, so konnte er sie auch heute nehmen, ohne jemanden etwas zu entziehen. Ich setzte das Licht wieder auf den Tisch und blieb noch eine Weile sitzen.

Das Gewitter war endlich ganz über unserm Haupte ausgebrochen. Die Donner rollten in der gewöhnlichen Art, und die Blitze waren so heftig, daß sie bei gelegentlichem Aufleuchten das Licht des Zimmers völlig überstrahlten und alle Winkel, in denen die Kerze tiefe Schatten ließ, mit Feuer erfüllten. Namentlich sah ich den Pfarrer bei jedem Blitze auf seiner Bank draußen wie auf einer Bahre ausgestreckt liegen. Der Wind rauschte noch in den Bäumen fort, aber mit gebrochener Heftigkeit, dafür strömte der Regen so dicht nieder, daß es war, als empfinde man das Dröhnen des Hauses, wie die Last des Wassers unaufhörlich auf dasselbe niederfiel. Ich entkleidete mich endlich nach und nach; denn wie sehr ich gewohnt war, auf jedem Lager zu schlafen, wie sehr der Pfarrer auch gesagt hatte, daß die Gewohnheit alles sehr leicht mache: wußte ich doch, daß ein Schlaf in Kleidern, selbst auf dem besten Bette, nicht halb so erquicke wie einer mit aus den Fesseln gelösten Gliedern. Und Erquickung bedurfte ich nach der Anstrengung in den heißen Tagen und nach der Arbeit und Bewegung überhaupt, der ich schon lange Zeit her in dieser Gegend ausgesetzt gewesen war.

Ich legte die Kleider auf einen Stuhl. Die Kerze, die ich nicht auslöschte, stellte ich mit einem andern Stuhle neben mein Bett, legte mich auf die ausgebreiteten Decken nieder und zog die Hülle über meine Brust empor. Ich wollte das Licht erst auslöschen – wie es überhaupt meine Gewohnheit war –, wenn ich den Schlaf in meinen Augen verspürte. Vorher wollte ich noch nachdenken und mir im allgemeinen mein morgiges Tagewerk und die Austeilung desselben unter meine Leute im Haupte ordnen. Ich tat es, kam von einem Gedanken in den andern, und konnte nicht einschlafen. Endlich, da es schon sehr lange war, schien es, als ob das Gewitter, das mit unveränderter Mächtigkeit fortgedauert hatte, anstatt sich zu entfernen, mit seinem Mittelpunkte erst recht nahe kommen wollte. Das Brüllen des Regens ging selber beinahe in unausgesetztes Donnern über, der Sturm nahm wieder ungemein zu, und trieb das Wasser der Luft wie ein rasendes Strömen gegen das Glas des Fensters, das noch dazu bei jedem tiefen Schalle des das andere Brausen übertönenden Donners erklirrte. Zuletzt geschah ein Schlag, als ob das ganze Haus in allen seinen Fugen krachte und Zusammenstürzen wollte, und gleich darauf wieder einer. Dann war ein Weilchen Stille. Ich nahm mein Licht und ging in das größere Zimmer zu dem

Pfarrer hinaus. Er lag auf seiner Bank, schlief nicht und sah mit seinen sanften blauen Augen um sich.

Ich sagte nichts, ging wieder in meine Kammer und nahm mir vor, auf dem Bette zu bleiben.

Wie es oft der Fall nach heftigen Erschütterungen bei Gewittern ist, daß der Regen einen Augenblick abzuckt, als ob er erschrocken wäre, so war es auch hier; nach den zwei Schlägen schwieg fast der Wind, der Regen endete, und es war ein Innehalten. Gemach begann alles wieder. Die Blitze leuchteten, der Donner hallte, der Regen strömte: aber alles war gleichsam gebrochen, kehrte nicht mehr zu der alten Kraft zurück und ging in gleichmäßigerer Weise fort. Wie stark auch noch immer die Aufregung der Luftgewalten fortdauerte, so schlief ich endlich doch nach und nach ein, denn die gleiche Art, mit der etwas geschieht, hat eine die Sinne der Menschen beruhigende Macht, und sie ergeben sich in dieselbe. Ich hatte das Licht ausgelöscht, hatte mich recht bequem zurecht gelegt und hörte noch in die entschlummerten Ohren das zeitweilige Rollen des Donners und das nachlassende Herabschütten des Wassers – dann nichts mehr.

Das Gewitter hatte sich nach und nach entfernt und war hinausgezogen in fernere Länder, ihnen allgemach schwächeren Donner und endlich nur eine Wolkendecke zu geben, die in rieselnden Nebeln oberhalb den Fluren dahin lief.

Am andern Morgen war wieder ein schöner Tag, und die Sonne stand in einem großen, gekühlten, unermeßlichen Blau.

Ich bin gewohnt, sehr früh aufzustehen. Ich erwachte daher auch an diesem Tage mit dem ersten Lichte, stand auf und begann mich zu kleiden. Aber der Pfarrer war doch noch früher aufgestanden. Als ich, mit den nötigsten Kleidern angetan, unter die offene Tür trat, um zu ihm hinaus zu schauen, sah ich, daß er mit einer Bürste an meinem Rocke reinige. Ich ging sogleich, wie ich war, hinaus, hielt ihn ab und sagte: »Dies Kleid kann bleiben wie es ist, es liegt nichts daran.«

»Nur noch hier,« antwortete er –, »so, jetzt ist es gut, es kann schon bleiben.«

Mit diesen Worten reichte er mir den Rock, verbeugte sich und lächelte sehr freundlich.

»Ich werde gleich für ein Frühmahl sorgen«, sagte er hierauf und ging fort.

Ich benützte die Zeit, um mich völlig anzukleiden und um meine Sachen in Ordnung zu bringen. Er kam sehr bald zurück und brachte in einem Kruge Milch. Er setzte hierauf die zwei Gläser mit Wein, die ich gestern eingeschenkt hatte, den Teller mit dem aufgeschnittenen Fleische und das Brot, das ich gegeben hatte, sachte auf zwei Stühle seitwärts, nahm das Tischtuch mit den Brosamen weg, und deckte ein anderes, das er unter dem Arme hervorgezogen hatte, über die Tischfläche. Ich konnte mich nicht genug wundern über die Schönheit und Feinheit der Leinwand, aus der diese Stücke bestanden. Dann tat er den Krug auf den Tisch, stellte Glaser und Schalen, je nachdem man die Milch trinken oder essen wollte, daneben und tat sein schwarzes Brot heraus. Wir setzten uns zu diesem Frühmahle und erquickten uns daran. Er war schon völlig angekleidet, und zwar ganz genau in dieselben Kleider, wie ich ihn gestern unter den Kalksteinhügeln draußen gefunden hatte. Als wir mit dem Frühmahle fertig waren, standen wir ein wenig vor dem Fenster und sahen hinaus. Der ungeheure Platzregen, den man eigentlich einen Wolkenbruch nennen konnte, hatte schier alles rein gewaschen, und es glänzte frisch und heiter in dem jungen Glanze der Sonne. Die Wiese vor den Fenstern des Pfarrhofes war lieblich grün, desgleichen die Blätter des Baumes, der seitwärts des Tores stand, und von denen noch manche herabgeschüttelte auf der Erde lagen. Jenseits des Wiesengrüns leuchteten die Kalksteine weithin weiß, einer hinter dem andern stehend, weiß: aber diese gleiche Farbe in ihrem ersten grellen Eindrucke war nur täuschend. Dem Auge, das an zarte Abstufungen geübt ist, zeigten sich die milderen, gebrochenen Glanzfarben gräulich, rötlich, gelblich, rosenfarbig – und dazwischen, immer weiter zurück schreitend, immer schöner die luftblauen Schatten.

Während wir so standen, weil ich es für unartig hielt, unmittelbar nach dem Frühmahle fort zu gehen, und daher noch ein wenig warten wollte, hörte ich Tritte oberhalb uns. Von meinem Gefühle, das mich schon gestern immer geplagt hatte, warum wir denn in diesen zwei kleinen Zimmern wohnen, da doch der Pfarrhof so groß sei, welches Gefühl ich aber aus Schonung immer unterdrückt hatte, nun plötzlich überrascht, sagte ich:»Ich höre ja in dem Gemache, das über unsern Häuptern ist, gehen?«

»Alle andern Zimmer des Pfarrhauses, außer in denen wir geschlafen,« antwortete er, »sind vermietet.«

Ich erwiderte nichts auf diese Entdeckung, und er war auch in Verlegenheit, daß er mir die Sache hatte sagen müssen.

Nach einer kleinen Weile bemerkte ich, daß mich meine Geschäfte gerne frühzeitig zur Arbeit riefen, daß ich daher Abschied nehmen und ihm für seine freundliche Beherbergung und für die bereitwillige Bewirtung danken müsse. Er verbeugte sich, sagte, ich möchte zufrieden sein, er habe gegeben, was er hatte, und begleitete mich hinaus, nachdem ich meine Sachen zusammen gesucht, umgetan und mich zum Fortgehen angeschickt hatte. In dem Vorhause oder eigentlich in dem Gange, der zu dem Haustore führte, hielt er mich wieder an und sagte, indem er gleichsam wie beschämt im hageren Antlitze errötete:»Sie müssen es mir verzeihen, daß ich Sie selber bedient habe, – es ist nicht so, als wenn ich niemanden andern dazu hätte, aber die alte Sabine ist krank geworden, sie ist sehr brav und gut, ich bin auch dankbar und wohlgesinnt gegen sie, und wann eines krank wird, so ist das andere sein Krankenwärter.«

»Es ist mir nur leid, daß ich, durch die Umstände veranlaßt, so viel Ungelegenheiten verursacht habe,« antwortete ich, »ich werde in Zukunft sehr genau auf Himmel und Wetter sehen, damit ich durch meine Unvorsichtigkeit nicht wieder jemandem zur Last fallen muß.«

»O nein, o nein,« erwiderte er, indem er sich verlegen verbeugte, wie damals, da er von dem Pastor in Ober-Schauen nach dem Gastmahle Abschied genommen hatte, »o nein, es ist mir eine Freude und eine Ehre gewesen – wenn es nur nicht zu wenig war, und wenn es nur nicht zu schlecht bei mir gewesen ist.«

»Nein, nein, Euer Ehrwürden,« antwortete ich, »es war lieb und gut. Ich danke noch einmal sehr herzlich für alles und jedes, und es wäre mir äußerst erwünscht, wenn ich irgend wie durch einen Ge-

gendienst Gelegenheit fände, meinen Dank auch werktätig zu äußern.«

»Ach, ich bitte, das ist zu viel, das ist viel zu viel«, erwiderte er. »Sie sind ein freundlicher Mann – wenn ich nur, falls Sie sich länger mit Arbeiten in unserer Gegend aufhalten, nicht zu schwach wäre, Ihnen in manchem behülflich zu sein.«

»Es kann vielleicht kommen, hochwürdiger Herr,« antwortete ich, »es kann kommen. Indessen seien Sie bedankt für das Heutige, nahmen Sie die Versicherung der Bereitwilligkeit zu jedem künftigen Freundschaftsdienste von meiner Seite hin, und leben Sie recht wohl.«

Er verneigte sich sehr tief, indem er die Hände vor seinem schwarzen Gewande zusammen gefaltet hielt, – ich ging in die nasse, glänzende Landschaft hinaus und er gesenkten Hauptes in seinem Gange zurück. Ich sah die hagere Gestalt, als ich gelegentlich umschaute, in die zwei Zimmer hinein gehen, in denen wir die Gewitternacht zugebracht hatten.

Ich bekam auf meinem Wege sogleich Gesellschaft, aber eine ganz andere als die des alternden vereinsamten Predigers. Es gingen nämlich auf dem Stege, von dem ich schon sagte, daß er schief von den Fenstern des Pfarrhauses über die Zirder laufend gesehen werden kann, mehrere blühende kleine, kleinere und winzig kleine Kinder. Sie hatten sämtlich Schultäschelchen umgehangen und mochten sich in der jenseitigen Gegend zu dem Zwecke zusammengesellt haben, um gemeinschaftlich den Weg zurück zu legen, der sie zu dem Orte führte, wo sie die ersten Anfangsgründe zu ihrer zukünftigen Bildung erlangen sollten. Ich bin von der Zeit an, wo ich selber ein Kind gewesen war, immer ein Freund der Kinder geblieben, und da es schien, daß sie, weil der Wiesenfußsteig von der Brücke gegen mich her lief, eine Weile desselben Weges mit mir gehen würden, so blieb ich stehen und wartete auf sie. Als sie am Ende des Steges gegen mich herangekommen waren, duckten sie sich fast alle nieder, und hockten auf einem Häuflein, wie wenn ein Flug Sperlinge oder anderer Feldvögel auf einen Platz einfällt und ihn bedeckt. Ich sah sogleich, daß sie beschäftigt waren, Schuhe und Strümpfe, wenn sie solche hatten, auszuziehen und daß die, die keine hatten, doch auch da blieben und zuschauten. Die Zirder mußte nämlich oben irgendwo ausgetreten sein; denn ich sah mehrere Wasserflächen auf der niedrig gelegenen Wiese stehen und glänzen. Während des Geschäftes des Schuhausziehens lief noch ein einzelner barfüßiger frischer Bube über den Steg zu den andern herüber, hatte er nun seine Schuhe entweder schon jenseits ausgezogen oder war er überhaupt nur ein Nachzügler gewesen. Nachdem alle fertig geworden waren, gingen sie von der Höhe des Steges auf die Wiese herab, gingen auf dem Fußwege weiter, und wateten mit Bereitwilligkeit und Freudigkeit durch die Lacken, welche die Nacht an manchen Stellen über den Weg gelegt hatte. Ich setzte mich auch langsam in Bewegung, um mit ihnen zu gleicher Zeit an der Stelle einzutreffen, wo der Wiesenfußweg mit dem Fahrwege, der an dem Pfarrhause vorübergeht, zusammenstößt. Es geschah auch, namentlich, da ich mein Wandeln so einrichtete, daß ich an der Stelle und mitten unter ihnen war, da sie von dem triefenden Graswege der Wiese auf den feuchten Kalksteinsand des Fahrweges herein sprangen. Ich ging eine Weile so wie zufällig unter ihnen. Sie stellten ihr Schäkern ein, das ich deutlich auf der Wiese, da sie allein waren, bemerkt hatte, und gingen manierlich neben mir, der sich lächerlich unter ihnen ausnehmen mußte, weil er auch an einem Riemen einen Ledersack umhängen hatte, den man für eine Schultasche anschauen konnte. Die Schuhe und Strümpfe hatten sie, da sie jetzt auf einem unüberschwemmten Wege gingen, doch nicht wieder angelegt, sondern die Mädchen trugen sie in ihren hinauf gebundenen Schürzen, und die Buben in der Schultasche, wo sie einen hervorstehenden Pack bildeten. Die älteren gingen ernsthaft und verhältnismäßig reinlich erhalten dahin, die jüngeren, insbesondere die kleinen Buben, die als Anfang und Grund aller Wissenschaften nur ein kleines Täfelchen trugen, plätscherten und wackelten hinten darein, waren bedeutend naß und von dem Kote der Erde vielfach angespritzt. Aber die heitern Augen und roten Wangen der Angesichter zeigten nicht, daß sie sich aus diesem Umstande etwas machten.

Ich redete zu ihnen, allein sie sahen seitwärts zu mir herauf, gingen neben mir her und antworteten nicht. Ein sanft keckes Mädchen endlich, welches erwachsener und vernünftiger als die andern war – da sie überhaupt sahen, daß ich gut sei und ihnen nichts anhaben wolle – tat die Lippen auf und antwortete mir auf manche meiner

Fragen. Da erfuhr ich nun, daß sie alle aus den Karhäusern sind und miteinander immer in die Wenner in die Schule gehen. Die Kar ist eine ziemlich weit jenseits der Zirder gelegene Gegend mit denselben Merkmalen der Kalksteinhügel, wie alle andern umliegenden, nur schier noch ärmer und unfruchtbarer als diese. Jedoch ist sie von fleißigen Menschen bewohnt, die ihre Häuser weit zerstreut in die Steine bauten und von dem Boden ihren Unterhalt zu gewinnen wissen. Die Wenner ist eine Häusergruppe in einer ziemlich fruchtbaren und wohlhabenden Gegend, daher sich auch die Schule dort befindet, obwohl in dem Dorfe Gargen, dem unfruchtbaren und dürftigen, die Kirche und die Wohnung meines Freundes, des armen Predigers, steht. Die Kinder der Kar haben bedeutend mehr als eine Wegstunde in die Schule zu gehen. Sie tragen Brot und manchmal auch harte Käse in der Schultasche, diese Dinge verzehren sie unter Mittags, wenn die andern Kinder heimgehen, und gegen Abend, wenn die Nachmittagschule aus ist, wandern sie ihren Weg wieder nach Hause, und bekommen ihr Mittagmahl. Auf meine Frage, wie es im Winter sei, antwortete das Mädchen: »Da gehen wir auch herüber.«

»Wenn aber auf der Wiese Wasser ist, wie heute?«

»So ziehen wir die Schuhe nicht aus, sondern gehen so durch.«

»Wenn aber so viel Wasser ist, daß dasselbe über das Haupt eines großen Menschen zusammen ginge?«

»Dann kehren wir um und gehen wieder nach Hause.«

Die Kinder waren mittlerweile zutraulicher geworden, mehrere redeten drein, ich plauderte mit ihnen, gab Antwort, und immer mehrere drängten sich dichter herzu, um neben mir zu gehen. Ein ungemein kleiner Bube, der noch so aussah, als könnte er gar nicht reden, dessen Körper aber stark und gesund war, bemühte sich, beschmutzt und bespritzt, neben mir her zu laufen und mir sein Täfelchen zu zeigen, auf welchem unter den schwarzen auch rote Buchstaben waren.

Endlich kamen wir zu dem Platze, wo mein Weg seitwärts ging, und ich sagte zu ihnen: »Kinder, seid recht fleißig, ich muß jetzt da hinüber gehen, und ihr geht auf dem Wege gegen die Wenner hinab – behüte euch Gott.«

»Behüte dich Gott«, riefen mehrere, indem sie alle auf ihrem Wege fort liefen, ich aber seitwärts gegen die Gesteine hinein bog, wohin mich meine Geschäfte führten.

Wie geduldig ist doch die Unerfahrenheit und Unschuld der Kinder, dachte ich, wenn sie gelernt haben, folgsam zu sein und auf das Ansehen und das Wort der Eltern hin etwas zu tun, woraus auch der Tod folgen könnte, den sie, wenn auch ihre Lippen seinen Namen nennen, doch noch nicht kennen, und von dem ihr Herz nicht weiß, daß er auf der Welt ist und so viel aus derselben hinweg nimmt.

Ich ging zwischen den Gesteinen, die auf meinem Wege immer wilder wurden, dahin. Ich ging nicht in das Wirtshaus an der Karstraße – denn ich hatte jetzt dort nichts mehr zu tun, weil ich meine Versorgung an Brot auch anderswo einnehmen konnte – und sonst brauchte ich nichts als Brot. Für den Abend hatte ich dann vor, ein sehr gutes Mahl in meinem Gasthause einzunehmen, um mich für die kalten Speisen während der vergangenen achtundvierzig Stunden zu entschädigen.

Ich ging nach einem Orte der Gegend, wo ich meine Leute beschäftigt wußte, um sodann den weiteren Fortgang der Arbeiten zu regeln. Die Steinnester jener unwirtschaftlichen Landschaft setzten uns solche Hindernisse entgegen, daß wir Aussicht hatten, da viel länger bleiben zu müssen, als es auf einem gleichen Flächenraume einer fruchtbaren und gezähmten Gegend der Fall gewesen wäre.

Ich fand die Leute wirklich, und sie waren bereits in Tätigkeit. Einer der Handlanger, dem ich schon manches Gute erwiesen hatte, hatte die Aufmerksamkeit gehabt, mir aus meiner Herberge, wo er die Nacht zugebracht hatte, Wein, Brot und kalten Braten zu bringen. Er hatte nämlich nicht mit Unrecht geschlossen, daß mich das Gewitter irgendwo überfallen habe, daß ich in der Nacht in einem Orte gewesen sei, wo man nichts mehr bekomme, und daß ich daher Mangel leide, weil ich gewiß, um die Arbeit nicht zu verkürzen, den großen Umweg über mein Gasthaus vermieden haben würde. Ich nahm die Sachen an, und machte den Mann durch das gebührende Lob sehr heiter und freudig; denn er war nicht darauf stolz, daß er die Lebensmittel gebracht habe – denn das hätte jeder andere auch getan – sondern darauf, daß er so witzig gewesen, daß ihm das Ding eingefallen ist.

In dem gänzlich heiteren, schönen und verhältnismäßig kühlen Tage ging es nun an ein Messen, Pflöckeschlagen, Kettenziehen, an ein Aufstellen der Meßtische, an ein Absehen durch die Gläser, an ein Linienbestimmen, Winkelmessen, Rechnen und dergleichen, wie es eben mit derlei Arbeiten verbunden ist. Ich dachte den ganzen Tag hindurch keinen Augenblick an meinen Prediger. Dies war nun um so mehr der Fall, da es eine Auszeichnung war, diesen schwierigen Erdwinkel ohne Fehler, sauber, und ansehnlich auf das Papier zu werfen. Ich war daher stolz, diese Arbeit bekommen zu haben, wollte sie vortrefflich lösen, ließ mir keine Nachlässigkeit zuschulden kommen und blätterte oft, wenn es die Zeit erlaubte, meine Blätter durch, um etwas, das mir nicht gefiel, zu verschönern, oder gar neu zu zeichnen. Am Abende aber, da die Leute schon längst zu ihrem Essen gegangen waren, da ich den durch rohe Handarbeit gesammelten Stoff des Tages in Ordnung gebracht und zu der künftigen Zeichnung, Rechnung und Ausführung vorbereitet hatte, dachte ich, da ich bei Zeiten nach Hause ging, um ein gutes Mahl und Lager zu bekommen, vielfach an die vergangene Nacht, und an den seltsamen Haushalt des so armen und sonderbaren Predigers. Aber die Ankunft in meiner Herberge, die Einnahme meines Essens, die Zurechtlegung der am Tage gewonnenen Blätter und der darauffolgende Schlaf verwischten mir alle Eindrücke wieder.

Ich würde wahrscheinlich den Mann in kurzer Zeit gänzlich vergessen haben; denn bei meinen Geschäften, die mich in die verschiedensten Gegenden führten und mich mit vielen Menschen bekannt machten, habe ich allerlei sonderbare Menschen kennen gelernt, habe große Torheiten und mitunter großes Unglück getroffen, und habe dasselbe, wie sehr es mich auch in der Gegenwart angriff, doch wieder vergessen müssen: aber ein Zufall brachte mich neuerdings mit dem Prediger in Verbindung, daß ich ihn nicht mehr vergessen werde, weil ich ihn durch diesen Zufall näher kennen gelernt habe, ja weil mir der Mann einen großen Teil seines Herzens und seines Innern aufgeschlossen hat.

Ich mußte, weil sich meine Arbeiten in weitere Gegenden zogen, meinen Standort in dem Wirtshause an der Karstraße aufgeben, und mir einen andern suchen. Durch Zufall war die Mitte meiner Geschäfte sehr nahe an dem Pfarrhause des Dorfes Gargen, und durch einen zweiten Zufall fand ich in einem netten Häuschen in der Nähe des Pfarrhofes Unterkunft. Die Leute des Häuschens gaben mir eine freundliche Stube, in welcher ich den Abend und die Nacht zubringen konnte, und sie kochten mir des Abends mein Fleisch, welches sie von der Wenner herüber geholt hatten. Meine Leute hatten sich in das Wirtshaus in der Wenner eingefunden.

Es war nun in dieser Lage ganz natürlich, daß ich nicht nur viel öfter mit dem Prediger zusammen kam, sondern daß ich auch viel über ihn hörte, ohne daß ich eben die Leute eigens über ihn auszufragen brauchte.

Es war wirklich wahr, woran ich wegen seiner eigenen Aussage ohnehin nicht gezweifelt habe, daß er alle Nacht auf einer bloßen Bank schlafe, und als Unterlage unter das Haupt nur ein großes Buch habe. Er hat dies nicht immer getan, aber zu einer Zeit, auf die man sich nicht mehr recht erinnern könne, habe er mit dieser Handlungsweise begonnen. Er kleide sich auch nicht aus wie andere Leute, wenn sie schlafen gehen, sondern er lege statt der weggetanen Oberkleider ein Wollkleid an, in dem er schlafe. Nur wenn der Tag sei, an dem er die Wäsche zu wechseln pflege, ziehe er sich aus, und ändere die Kleider, die zunächst an seinem Leibe liegen. Die andern, welche das Obergewand bilden, trage er so lange, daß sich niemand mehr erinnern könne, wann sie einmal neu gewesen wären. Auch habe er nur immer höchstens zwei Anzüge, deren einen er an den Wochentagen, den andern an Festtagen trage. Sie werden beide vielmal geflickt und ausgebessert, und unter allen Eingepfarrten könnte sich keiner rühmen, seine Kleider so lange zu tragen und bei gänzlich verfallener Gestalt doch noch bei so ziemlich äußerem Anscheine, als wären sie etwas, herzuhalten, als der Pfarrer.

Er war auch nicht immer so gegangen, sondern ältere Leute wollen sich entsinnen, daß er bei seiner Ankunft ganz ehrenhaft angetan gewesen sei. Den Pfarrhof habe er in verschiedenen Zeiten an verschiedene Leute vermietet, so daß ihm immer nur zwei ebenerdige Gewölbe, gleichsam zwei Keller oder nur armselige Hausfluren zur Wohnung geblieben seien, an die sich das Gemach für Sabine, seine Haushälterin, und ein Fach für allerlei nötiges Geräte und

Gerümpel anschlossen. Sabine sei schon lange bei ihm und werde auch bei ihm bleiben, da sie zu erben hoffe, obwohl sie so alt sei, daß nach der Ordnung der Dinge eher er von ihr, als sie von ihm erben könne. Seine Nahrung sei so einfach als möglich, und weil er sich schäme, daß die Leute sehen, was er abends verzehre, gehe er allemal zu dieser Zeit spazieren und esse in der Dämmerung, wenn er heimkehre, so daß ihn niemand sehen könne, ein Stück schwarzen Brotes.

Das letztere, dachte ich, dürfte wahr sein, da ich ihn selber einmal, ohne daß er mich bemerkte, in der Dämmerung heimgehen und an einem Stücke schwarzen Brotes essen gesehen habe.

Wenn er krank sei, erzählten die Leute, suche er keinen Arzt in das Haus zu ziehen, nehme auch keine Heilmittel ein, sondern liege dahin, faste, und warte, bis er gesund werde.

Die Einkünfte der Pfarrei seien sehr gut – das heißt, dachte ich, in dem Sinne und der Schätzung dieser dürftigen Leute sehr gut – einen recht kleinen Teil derselben verwende er zu Almosen, wo die einzelnen Posten schon sehr genau eingeteilt wären, und das andere bleibe über; denn seine eigenen Bedürfnisse seien kaum zu rechnen, und werden überflüssig durch das Mietgeld des Pfarrhofs ersetzt. Wenn er nicht in Amtsgeschäften sei, oder sich in dem Garten befinde, gehe er in der Gegend herum oder sitze irgendwo und schaue die Gegend und die andern Dinge an. Er habe gar keine Verwandten; denn es sei in den Jahren, als er sich zu Gargen befinde, noch nie jemand in dem Pfarrhause zum Besuch gewesen, wenn es nicht etwa ein entfernter anderer Prediger war, welche dann auch nicht mehr kamen, oder ein Wanderer, der von Schnee oder sonstigem Unwetter überfallen wurde, und in der Pfarre Schutz suchte. Alle Vorgänger des Predigers seien immer nur kurze Zeit auf der Pfarre Gargen gewesen; er allein sei nicht nur schon sehr lange da, sondern es habe den Anschein, daß er auch bis an sein Lebensende da bleiben werde.

Viele Menschen – ich getraue mir nicht zu sagen: alle – hielten ihn für geizig und schrieben seine ganze Lebensweise diesem einzigen herrschenden Laster zu.

Ich konnte nicht übereinstimmen, denn so wie ich, seit ich in der Gegend und so nahe an ihm war, öfter mit ihm zusammen kam, viel mit ihm redete und manchen Abendspaziergang mit ihm machte: so sah ich immer ein zwar schüchternes, aber zu jeder Zeit klares, ruhiges und zufriedenes Auge, was dem Geize niemals und durchaus nicht eigen ist; denn zu der Furcht und Angst, das Geld zu verlieren, in welcher der Geizige jeden Augenblick schwebt, gesellt sich noch die Gier, immer mehr zu sammeln, und der Kummer, daß das arme menschliche Leben viel zu kurz ist, um ein Hinreichendes zusammen zu bringen. Dies alles, wie sehr er es auch übrigens zu verbergen strebte, gibt dem Auge des Geizigen etwas unheimlich Loderndes, etwas zurückgehalten Unstettes und etwas Lauerndes; die Augen unseres Predigers aber loderten nicht, sondern blickten in einfachem, wenn auch nicht zu starkem Glanze – sie waren nicht unstett, sondern sahen geduldig oft recht lange auf den nämlichen Gegenstand hin, – und vom Lauern war endlich ganz und gar nichts vorhanden, sondern es lag eher eine zu große, ich möchte sagen, beinahe unverständige Einfachheit darinnen. In seinem Benehmen, wie unvorteilhaft, gedrückt und von der leichten Art der Weltbürger abweichend es auch sein mochte, zeigte sich doch Wohlwollen und Zuvorkommenheit, und gerade in der Art, den andern recht zu tun, sich unterzuordnen, offenbarte sich sein Absehen von sich selbst, und eine Aufopferung seiner selbst, die der Geiz nicht kennt, der unwillkürlich und wider Willen selbstsüchtig ist, sogar da, wo das Gegenteil in seinem Sinne vorteilhaft wäre, weil er das Bild von Freigebigkeit und Großmut, das er als Lockung hinstellt, immer ohne Wissen mit seinen innern Zügen von Gier und Schmählichkeit befleckt. Das einzige, was unbestimmt in dem Benehmen des Predigers war, floß von der Scham her, die er über seine Armut haben mußte.

Ich habe auch mehrere Predigten von ihm gehört. Wenn sie gleich nicht durch ungemeine Verständigkeit ausgezeichnet waren, so lag doch ein solcher Duft von unbewußter und unabsichtlicher Güte darinnen, daß sie recht linde in seine Zuhörerschaft einzugehen schienen und auf mich, obwohl ich seinen Beweisführungen gar viel entgegen zu sagen gewußt hätte, eine Bewältigung ausübten.

Da ich jetzt so nahe war, kam ich auf seinen Abendspaziergängen häufig mit ihm zusammen, die Freundschaft befestigte sich, wir gingen mit einander in den Steinwerken herum und sprachen über allerlei Dinge; aber deßungeachtet würde dieser Umgang nicht die

Ursache geworden sein, daß ich einen so tiefen Blick in das Herz dieses seltsamen und verwaisten Menschen tat, wie es wirklich in der Folge geschah, wenn sich nicht etwas anderes ereignet hätte. Er wurde nämlich krank. Ich besuchte ihn, wie er in dem Innern seiner zwei Zimmer lag. Man hatte ihn dazu vermocht, die Bank dieses Zimmers zu wählen, weil doch auch ein Tisch und einige Stühle da waren. Wir taten ihm die Decken, auf denen ich in der Gewitternacht geschlafen hatte, unter den Leib, was er zuließ, und gaben ihm eine Hülle, sich zuzuhüllen. Ich sage: »wir«; denn außer der alten Sabine, die aber selber schier immer eine Krankenwärterin gebraucht hätte, war auch in der Sache noch jemand anderer tätig: nämlich das wunderschöne neunzehnjährige Mädchen, welches in dem ersten Stockwerke des Pfarrhauses wohnte, und welches ich einmal bei einem Fenster herausschauen gesehen hatte. Sie war die Tochter eines verwitweten Mannes, der in einem Amte gestanden, dann in den Ruhestand versetzt worden war und der seinen geringen Ruhegehalt jetzt hier, in der Gegend, wo er geboren worden war, verzehrte. Er hatte den Umstand, daß der Pfarrer seine Zimmer vermietete, benützt und sich in denselben eingemietet, daß er immer den Schauplatz vor Augen habe, in dem er seine Kindheit zugebracht hatte, und der ihm trotz der Ärmlichkeit doch reizend vorkommen mußte. Das Mädchen hatte die Magd ihres Vaters angestellt, daß sie dem kranken Prediger Beistand leiste, wenn er etwas brauche, und sie selber kam öfters herab, trat mit dem freien Haupte und dem lieblichen Angesichte vor das Bett und fragte ihn, ob er etwas bedürfe. Der Pfarrer schämte sich jedesmal, wenn das liebliche Kind in das Zimmer trat, er regte sich nicht und zog die Decke bis an das Kinn über seinen Körper.

Da die Krankheit mehr einen langen als gefährlichen Lauf nahm, so verrichtete ich meine Tagesgeschäfte wie gewöhnlich; nur am Nachmittage und Abende, wo ich sonst im Müßiggange gerne in der Gegend herumgeschlendert war, besuchte ich den kranken Prediger. Was ich auf meinen Papieren daheim zu rechnen und zu schreiben hatte, tat ich in der Nacht. Er lag so dahin, und seine Haare wurden während der Krankheit vollends weiß, und die Knochen seines hagern Angesichtes wurden höher.

Er war auch diesmal nicht zu bewegen gewesen, einen Arzt anzunehmen oder Arznei über seine Zunge kommen zu lassen.

Ich wurde schon so gewohnt, wenn ich meine Leute entlassen hatte, sogleich meine Sachen zusammen zu packen, nach Hause zu gehen, mein einfach hergerichtetes Essen zu verzehren und mich dann in den Pfarrhof hinüber zu begeben, um immer auf dem nämlichen Stuhl an dem Bette des kranken Pfarrers zu sitzen, daß ich gar nicht mehr an den Himmel schaute, was wir für ein Wetter bekommen werden und ob es zuträglich sein würde, einen Spaziergang zwischen den sonderbaren Kalksteinhügeln zu machen. Der Pfarrer schien das Opfer, wofür er meine Besuche halten mochte, sehr freundlich aufzunehmen. Ich saß an dem Tische, den man neben das Kopfende des Bettes gestellt hatte, und erzählte ihm verschiedene Sachen: wo wir heute gewesen waren, was wir gearbeitet hatten, wie sich das Wetter angelassen habe, ob es heiß gewesen sei, ob die Brombeeren an dem Kulterloche schon reifen und wie stark der Kalk in der Verwitterung begriffen sei und in die Zirder falle. Er lernte nach und nach unsere ganze Verfahrungsweise bei dem Abmessen kennen, daß er vielleicht nach seiner Genesung keinen ungeschickten Arbeiter abgegeben haben würde. Er sah mich hierbei oft mit den unzweideutigen Zeichen der Zuneigung und der Liebe an. Die Krankheit mochte auch den Mann, der immer einfach und verschlossen gewesen war, weicher gestimmt haben.

Eines Tages, da er in der Genesung schon sehr weit vorgerückt war, so zwar, daß er schon manche Mittagsstunde außerhalb seines Lagers an dem vergitterten Fenster seines Zimmers zubringen konnte, sagte er zu mir, als ich mich entfernen wollte, ich möchte noch ein wenig bleiben. Es war eben sein Mietmann des ersten Stockwerkes bei ihm gewesen, der ihn äußerst selten während seiner Krankheit besucht hatte und heute länger da geblieben war, weil er meinem Gespräche zugehört hatte.

»Ich habe mir schon seit länger her vorgenommen,« sagte der Prediger zu mir, »mit Ihnen von einer Sache zu sprechen, die mir sehr wichtig ist, aber heute wollte ich es ganz gewiß tun, weil ich mich sehr wohl befinde, und weil Sie gestern gesagt hatten, daß Sie heute sehr früh kommen würden; allein da ist der Mann da gewesen und hat uns alle Zeit genommen.«

»Wenn es sich um sonst nichts handelt, als um die Zeit,« antwortete ich, »so trifft es sich heute gerade sehr günstig, denn ich habe nichts mehr zu tun, da ich zu dem Stoffe, den ich zu verarbeiten habe, noch den morgigen Tag brauche, damit er völlig gesammelt werde. Morgen hätte ich weniger Zeit. Wenn es also Ihre Kräfte zulassen, daß Sie eine Weile noch mit mir reden, so sprechen Sie ungescheut, ich kann so lange da bleiben, als es Ihnen nur immer gefällig ist.«

»Meine Gesundheit ist recht gut,« erwiderte er, »ich werde dieses Mal sehr bald aufstehen können, und wenn es Ihre Zeit erlaubt, so bleiben Sie noch ein Weilchen bei mir.«

Ich setzte mich bei diesen Worten wieder an den Tisch auf meine gewohnte Stelle nieder, denn ich war schon gestanden, um mich bald zu entfernen.

»Ich werde Ihnen sagen,« begann er, »wo ich mein Testament habe, und Sie werden mir einen großen Dienst erweisen, wenn Sie nämlich so freundschaftlich sein wollen, daß Sie nach meinem Tode dorthin gehen und fragen, ob es zum Vorscheine gekommen ist und ob man es erfülle.«

»Wir Menschen stehen alle in Gottes Hand,« antwortete ich, »und der eine kann früher sterben und der andere später. Wenn es die Vorsehung so fügen sollte, daß Sie eher das Zeitliche verlassen müssen als ich, so will ich sehr gerne tun und verrichten, was Sie mir zu tun und zu verrichten anvertrauen wollen.«

»Das ist recht gut und freundschaftlich von Ihnen,« sagte er, »Sie haben immer viel Nachsicht mit mir gehabt, und ich wußte es, daß Sie mir die Freundschaft erzeigen werden. Ich habe viel Gnade und Güte auf dieser Erde genossen, und nun schickt mir der Himmel Sie, daß Sie mir in der Not helfen. Ich habe nämlich in meiner Krankheit immer darauf gedacht, daß es so gefährlich sein könnte, wie es ist, und daß ich jemanden bitten müsse, der mir beistehe, daß die Gefährlichkeit geringer werde.«

Er wendete sich nach diesen Worten auf seinem Lager um, daß sein Angesicht gegen mich herschaute, und er richtete seine klaren Augen auf mich, während er im Bette beinahe halb saß und die ersten Spuren der beginnenden Dämmerung in dem Gemache bemerkbar wurden. »Ich bin der Sohn eines wohlhabenden Gewerbsmannes,« fuhr er fort, »eines Lederhändlers. Wir hatten weit von hier ein Haus, das groß und geräumig war, und viele Höfe und Fächer hatte, die zur Betreibung des Handwerkes dienten. Am liebsten erinnere ich mich noch des schönen Gartens, der bei dem Hause war. In den Räumen gingen die von ihrer Arbeit in ihren Leinenkleidern fast gelbbraun gefärbten Gesellen herum, in dem großen Gewölbe zu ebener Erde, und auch in den zwei kleinen lagen Lederballen, auf den Stangen des Trockenbodens hingen Häute, und in den großen Austeilzimmern wurden sie von einander gesondert, und die gleichbedeutenden zu einander gelegt. In den Ställen waren vier Pferde, und in dem Garten war ein Gärtner, der allerlei Früchte und schöne Blumen erzog. Solchergestalt erinnere ich mich der Dinge. Mein Vater war ein großer, starker Mann, der immer in den Räumen des Hauses herum ging und ansah, ob alles recht geschehe. Er ging nie in eine Gesellschaft, außer wenn es sein Geschäft erforderte, sonst war er zu Hause, und wenn er nicht nach der Arbeit sah, saß er in dem großen Gewölbe an dem Schreibtische und schrieb. Von einer Mutter habe ich gar keine Vorstellung. Man erzählte uns, daß sie bei unserer Geburt gestorben sei. Ich hatte nämlich noch einen Bruder, und wir waren Zwillinge. In dem ersten Stockwerke des Wohnhauses war hinter der Küche gegen den Obstgarten hinaus eine große Stube. Dort wohnten wir und hatten einen Lehrer, der gleichfalls mit uns in der Stube schlief und uns in den notwendigen Dingen unterrichtete. Mein Bruder lernte sehr leicht, ich aber konnte mir die Sachen nicht merken. Wir lernten die Erdbeschreibung und die Naturgeschichte, das Rechnen, Briefschreiben und andere Dinge. Als wir in den lateinischen Schulen unterrichtet worden waren, sagte der Vater, jetzt müßten wir das Gewerbe lernen, damit wir es einmal in Gemeinschaft, wie es uns zufallen würde, fort treiben könnten. Wir kamen unter die Aufsicht eines Arbeiters, der uns unterrichten mußte, und schliefen in der großen Stube unter den Arbeitern. Ich machte es genau so, wie es uns unser Lehrer zeigte, und wie ich es von den andern Arbeitern machen sah, aber ich konnte nichts Rechtes zuwege bringen. In jener Zeit saßen die Gesellen manchmal bis tief in die Nacht in ihrem Zimmer, und ich holte ihnen dann Wein und andere Sachen, die sie brauchten. »Nach längerer Weile wurde unser Vater krank. Er lag nicht, aber er ging auch nur so herum wie ein Abgelebter und nahm sich der Geschäfte nicht mehr an. Ich verstand es nicht, wie krank er sei, und hatte bei dieser Lage der Dinge nur Muße, zu tun, was ich wollte. Ich dachte damals immer, ich möchte doch wissen, warum ich denn die lateinische Sprache so schwer erlernt habe, und ich möchte die Sache untersuchen. Ich ging daher auf die hintere Stube, in welcher wir schon lange nicht mehr wohnten, um nach dem lateinischen Buche zu suchen. Die Stube war zu nichts verwendet worden, nur die Betten hatte man daraus fortgenommen, und das andere gelassen, wie es war. Der Tisch stand noch da, wie wir daran gelernt hatten, und zeigte noch die Tintenbäche, die uns darauf geflossen waren, und die Gestalten, die wir in sein Holz hinein geschnitten hatten. Ich fand das lateinische Buch in der Lade, und alle die andern Bücher und Schriften fand ich nach und nach in den Fächern der Stehkästen. Ich setzte mich mit dem Buche zu dem Tische mit den Tintenbächen nieder und lernte den Anfang desselben. Ich lernte nur weniges, aber ich verstand es recht gut und merkte mir es auch sehr gut. Am andern Tage ging ich wieder in die Stube und lernte ein wenig weiter und wiederholte das am Tage zuvor Gelernte. So tat ich es fort. Gott gab mir die Gnade, daß ich alles verstand, und daß ich mir alles merkte. Ich suchte endlich unsere Aufgabe-Schriften hervor und machte die damaligen Aufgaben noch einmal. Wenn ich dann in den Ausbesserungen, die unser Lehrer, der jetzt schon weit entfernt auf einer kleinen Pfarre lebte, einst mit roter Tinte gemacht hatte, nachsah, so entdeckte ich, daß ich nun meistens gar keinen Fehler gemacht hatte oder höchstens einen, während damals lauter rote Striche schier durch alle Worte waren, die ich geschrieben hatte. Man beobachtete mein Tun im Hause nicht, und legte mir keine Hindernisse in den Weg. Ich sagte auch keinem Menschen ein Wort, und dachte mir die freudige Überraschung, wenn ich einmal hervortreten würde und sagen dürfe, daß ich nun alles sehr gut könne, was wir einstens mit unserm geliebten Lehrer hätten lernen sollen; denn ich habe nach und nach auch alle andern Bücher und Schriften herausgetan und sie nachzuholen begonnen.

»Plötzlich starb der Vater. Mein Schreck war fürchterlich; denn ich hatte gar nie gedacht, daß er so krank sei. Im ersten Schmerze ging alles durcheinander. Wir wohnten den Trauerfeierlichkeiten bei und trugen die schwarzen Kleider und Flöre.

Endlich sagte mir einmal mein Bruder, daß die ganze Last des Geschäftes jetzt auf uns liege, und daß wir uns der Führung derselben unterziehen müßten. Ich entdeckte ihm nun, was ich unterdessen getan habe, und daß ich jetzt in allen Fächern fest sei, in welchen wir als Knaben unterrichtet worden waren, und welche ich nicht gelernt hatte. Er antwortete mir: ›Das ist jetzt zu spät, und zu unserm Berufe ist dir das Latein, die Naturgeschichte und die Erdbeschreibung unnütz.‹ Ich erwiderte ihm hierauf, daß ich die Arbeiten, welche zu unserem Geschäfte notwendig sind, von jetzt an auch so lernen werde, wie ich diese Schulfächer gelernt habe. ›Aber dann wirst du zu einer Zeit fertig werden,‹ antwortete er mir, ›wenn unsere Handlung bereits zu Grunde gegangen ist.‹ Ich sah ein, daß er recht habe, und daß er die Dinge besser verstehe als ich.

»Er ließ mich in der hinteren Stube, wo ich auch eine griechische Sprachlehre gefunden hatte, in welcher ich anfing, langsam diese Sprache zu lernen. Er ließ mir sogar ein Bett und schönere Einrichtungsstücke in die Stube stellen, was mich sehr freute. Nach einer Zeit kam er einmal mit einem Gerichtsmanne und setzte mir aus den Verlassenschaftsschriften auseinander, was mir gehöre, daß wir nämlich die Handlung fortführen sollen, und die Einkünfte nach Belieben verwenden könnten. Er gab mir von Zeit zu Zeit das Geld, welches ich aus der Geschäftsführung als mein Eigentum beziehen durfte. Ich wohnte gänzlich in der hintern Stube.

»Einmal stellte er mir vor, daß mein Lernen doch zu etwas führen müsse, und daß ich einen Stand auf der Welt ergreifen solle. Er meinte, daß ich ein Prediger werden könnte. Ich stimmte bei, man ordnete in dem Hause meine Ausstattung, und als der Anfang des nächsten Schuljahres kam, reiste ich auf die Schule ab. »Ich mußte weit von vorne anfangen, ich lernte sehr fleißig, kargte mir die Zeit bei der Nacht ab, die zu dem Schlafe bestimmt ist, meine Lehrer waren mit mir zufrieden, und mir zitterte innerlich das Herz vor Freude, daß mir Gott die Gnade sollte gewähren, in den heiligen Stand eines Verkünders seines Wortes eintreten zu können.

»Es waren schon beinahe alle Jahre vergangen, die ich zur Erreichung meines Zieles zu verwenden hatte, da erhielt ich einmal einen Brief von meinem Bruder, in welchem er mir anzeigte, daß er durch zwei Handelschaften, die ihre Pflichten nicht mehr erfüllen konnten, um all unser Vermögen gebracht sei, und daß er die Gläubiger unseres Geschäftes nicht mehr werde befriedigen können. Ich reisete auf der Stelle zu ihm. Als ich ankam, war alles in Verwirrung und Bestürzung, denn er hatte seine Not erklärt, und die Leute kamen, ihre Forderungen anzumelden. Ich gab ihm mein Geld, welches ich in den Jahren her erspart hatte, denn ich brauchte nicht viel, und es war mir schier alles übrig geblieben. Insbesondere hätte er mir gegen die letzte Zeit, wo das Geschäft viel blühender wurde, große Summen geschickt. Er aber nahm das Geld nicht an, und sagte: ›Behalte es dir, es würde doch nichts nützen.‹ Ich behielt es aber nicht, ich sagte, daß es Handelsgut sei, und gab es den Gläubigern, damit sie es nach Maßgabe unter sich verteilten. Das ganze Haus mit samt meiner Hinterstube wurde verkauft, der schöne Garten wurde verkauft. Die Pferde, der Wagen wurden verkauft, und auch ein Feld samt einem Bauernhause, das der Bruder erst in der letzten Zeit angeschafft hatte, wurde verkauft. Alles, was einen Wert hatte, mußte hingegeben werden. Die Gesellen arbeiteten teils bei den neuen Herren, teils gingen sie in die Fremde.

»Der Bruder, welcher zum Glücke noch nicht geheiratet hatte, weil er immer sagte, daß er noch zu jung sei, grämte sich so sehr, daß er in ein Fieber verfiel und starb. Ich ging allein mit der Leiche, und mehrere andere arme Menschen, denen er in seinem Leben wohl getan hatte. Nun war kein einziger Verwandter von mir mehr da; denn mein Vater war einmal als Findelkind von der Fremde eingewandert, und hatte das große, ausgebreitete Geschäft gegründet.

»Ich verkaufte einige Sachen, die mir noch geblieben waren, und reiste zu der Schule zurück. Ich hatte durch das Schicksal, das meinen Bruder traf, ein Jahr verloren. Dasselbe begann ich dann wieder von vorne, als die großen Ferien zu Ende gegangen waren, und die Schulen wieder angefangen hatten. Die Vorsehung, welche mir schon so viel Gutes getan hatte, verlieh mir auch Unterrichtsstunden, die ich gab, damit ich mir das Notwendige zu meinem Auskommen erwerben konnte. So erreichte ich es endlich, was ich vor einigen Jahren noch für ein kaum zu hoffendes Glück gehalten hatte, daß ich Priester wurde – ja, ein Freund der Familie, deren Kinder ich unterrichtet hatte, verschaffte mir sogar eine Predigerstelle, von der sie zwar sagten, daß sie klein und unbedeutend sei, die aber doch – ich müßte lügen, wenn ich es anders sagte – ihren Mann, wenn er nur das Seinige zusammen zu halten verstand, ernährte.

»Um jene Zeit geschah etwas, das ich damals für sehr schmerzhaft hielt, das aber Gott in seiner weisen Gerechtigkeit über mich verhängte, und wodurch er mich zu läutern versuchte. Ich muß ein wenig weiter in der Geschichte zurück gehen, um es Ihnen zu erzählen.

»Als ich noch in der Hinterstube saß und lernte, sah ich immer sehr schöne weiße Tücher und andere Wäsche an langen Schnüren in einem kleinen Gärtchen, das an den unsrigen stieß, aufgehängt. Ich sah sie recht gerne und blickte oft darauf hin. Wenn sie trocken waren, wurden sie in einen Korb gesammelt, während eine Frau dabei stand und es anordnete. Dann wurden wieder nasse aufgehängt, nachdem die Frau die zwischen Pflöcken gespannten Schnüre mit einem Tuche abgewischt hatte. Diese Frau war eine Witwe. Ihr Gatte hatte ein Amt gehabt, das ihn gut nährte. Bei seinem Tode hatte zufällig auch der Herr, in dessen Diensten er gestanden war, das Zeitliche gesegnet, und der Sohn gab der Witwe nur ein Weniges, daß sie nicht vor Hunger sterbe. Sie mietete sich daher in einem kleinen Häuschen, unserem Garten gegenüber, ein, und begann für alle Leute, die etwas brachten, feine Wäsche zu besorgen – und sie mußte viel zu tun haben, weil ich immer, wenn ich hinaus schaute, die weißen Dinge auf den gespannten Schnüren des Angers hängen sah. Unser Garten hatte ein Gittertor, gerade auf diesen Anger hinaus, welches Tor aber seit Kindesdenken immer geschlossen war. Ich ging zuweilen an dieses Tor, legte mein Angesicht zwischen die Gitterstäbe und schaute auf den Anger hinüber. Einmal, da ich wieder den Anger, die Pflöcke, die weißen Leinenstücke anschaute, ging ein Kind – aber es war doch schon ein erwachsenes Mädchen – aus der Tür des Häuschens heraus und trug in einem länglichen, sehr leichten Korbe, den sie mit beiden Händen vor sich her hielt, weiße, trockene, recht leicht aufgelockerte Wäsche. Es waren Krausen, Vorhemden, und dergleichen – ich erinnere mich noch sehr gut darauf. Das Mädchen ging auf dem Angerwege hart an dem Tore vorüber, und sah mich an. Sie war die Tochter der Frau, wie ich nach der Zeit erfahren habe. Später sah ich sie wieder, wie sie entweder auf den Anger heraus ging oder unter der Türe erschien, oder am Fenster stand und lernte. Sie trug immer die Wäsche zu den vornehmen Leuten und war selber immer sehr rein mit einem weißen Schürzchen gekleidet, so wie die Mutter auch immer eine schöne weiße Krause um das Angesicht hatte. Der Weg vor dem Gartenhäuschen ins Freie führte an unserem Gittertore vorüber, und ich stand mehrmals an demselben, wenn die Stunde war, daß sie die Wäsche fort trug. Sie schämte sich allemal, wenn sie vorüber ging, und nahm sich in ihren Kleidern und in ihrem Gange zusammen. Eines Tages, da ich sie kommen sah, legte ich schnell einen sehr schönen Pfirsich, den ich zu diesem Zwecke schon vorher gepflückt hatte, durch die Öffnung der Gitterstäbe hinaus auf ihren Weg und ging in das Gebüsch. Ich ging so tief hinein, daß ich sie selber nicht sehen konnte. Als sie fortgegangen und wieder zurückgekommen war, ging ich an das Gitter, um nachzusehen. Der Pfirsich lag noch da, ich nahm ihn wieder herin. Das nämliche geschah nach einiger Zeit noch einmal. Beim dritten Male blieb ich stehen, da der Pfirsich mit seiner sanften roten Wange im Grase lag, und sagte, da sie in die Nähe kam: ›Nimm ihn.‹ Sie blickte mich an, zögerte ein Weilchen, bückte sich und nahm die Frucht. Ich weiß nicht mehr, wo sie dieselbe hingesteckt hatte, aber das war gewiß, daß sie sie genommen hatte. Ich tat dasselbe dann mehrere Male, und reichte ihr zuletzt den Pfirsich mit der Hand durch das Gitter. Sie brachte mir Pflaumen, Nüsse und einmal ein Stück Kuchen. Endlich kamen wir auch zum Sprechen. Was wir geredet haben, weiß ich nicht mehr; aber es war ganz gewöhnliches Ding. Sie zeigte mir, wenn sie das Körbchen hatte, die Wäsche, tat die Stücke eines über das andere hervor und nannte sie mir. ›Das ist recht schön, das ist recht schön,‹ sagte ich einmal. ›Ja, das ist schön,‹ antwortete sie, ›die Wäsche ist ein so großes Gut, daß sie in dem Hause gleich nach dem Silber kommt.‹ Sie selber hatte immer so schöne, feine Wäsche, wenn das Hemd zufällig an dem Mieder oder Handknöchel hervorguckte oder wenn sie die Schürze um hatte. Ich fing von diesem Augenblicke an, mir sehr feine Wäsche und Silber zu kaufen. Ich konnte es von dem Gelde, das mir der Bruder gab. Ich brauchte in allem andern so wenig, ich sparte jedes, ich hielt auf Kleider nichts und kaufte mir von dem Überschusse Wäsche und Silbergeräte. Die Wäsche sahen sie in unserem Hause, das Silbergeräte versteckte und versperrte ich sorgfältig in meinem Laden. Einmal, da wir wieder an dem Gitter standen und sprachen, hörten wir die Mutter rufen: ›Susanna, schäme dich.‹ Wir liefen auseinander, und von diesem Augenblicke an schämten wir uns wirklich. Wir gingen nicht mehr an das Gitter zusammen, ich versteckte mich, wenn sie des Weges kam, in das dichteste Gebüsch, daß kaum die Augen hervor sahen – diese Augen aber blickten begierig auf sie, sie sah dieselben und ging purpurrot in dem Angesichte vorüber.

»Als ich schon in den Schulen war, versprachen wir uns einmal in den Ferien, daß wir uns lieben wollten, und daß wir aufeinander warten würden. ›Nein, Susanna,‹ sagte ich, ›du kannst ein Glück machen, ich hindere dich nicht, aber ich will auf dich denken, und wenn ich fertig bin, komme ich und frage, ob du noch frei bist.‹

»Ich lernte fleißig, wie ich es nur immer konnte, ich kaufte noch gelegentlich Silbergeräte und ordnete oft die Stücke, daß sie schön stünden – auch an Wäsche legte ich Vorrat bei und ordnete sie. Ich habe gar nie geschrieben und gefragt. Als ich die Predigerstelle erhalten hatte, erkundigte ich mich wegen ihr, und erfuhr, daß sie schon verheiratet sei. Ich habe gemeint, ich müsse mich schier zu Tode weinen – aber es war töricht; sie ist ja in eine sehr gute Wirtschaft gekommen, sie hat es gut und hat, wie alle Leute versicherten, einen sehr vorzüglichen Mann erhalten, der ihre Mutter ehrt und pflegt. Wie gut ist es, daß es so gekommen ist. Was hätte sie an mir gehabt? Nun war ich auch noch dazu ganz arm. Das Silber hatte ich nach dem Unglücke des Bruders verkauft, daß ich das Geld auch den Gläubigern zulege, und die Wäsche hätte ich auch verkauft, aber da sagte mir ein Mann, daß die grobe, die ich mir dafür nach und nach einschaffen müßte, mehr kosten würde, als ich für diese bekäme. Da behielt ich sie und trug sie bis heut zu Tage allmählich ab. Es ist eine Hoffart, ich schäme mich; darum drücke ich sie auch immer unter das Kleid zurück, wenn sie irgendwo hervor steht. Sie wird doch auch bald enden. Ich nahm damals in der ersten Pfarre mein Gemüt zusammen, erleichterte es durch Demut und opferte es von nun an Gott auf. Er hat mir eine Gnade erwiesen, daß Susanna so gut versorgt war.

»Nach langer Zeit kam ich hieher. Die Leute sagten, daß die Gegend sehr häßlich und die Pfarre sehr schlecht sei; aber es ist beides nicht wahr. Unter meinen Vorgängern ist keiner lange hier geblieben, sie suchten immer wieder fort zu kommen. Ich werde aber hier bleiben bis zu meinem Ende. Ich werde schon alt, und weil die andern einsichtsvoller sind, so habe ich nie angesucht, weg zu kommen. Ich bin ganz allein, und die Vorsehung hat mir schon etwas zu tun gegeben. Sie kennen nämlich den Steg über die Zirder, der auf meine Wiese herausgeht. Das werden Sie als Landesmesser auch bemerkt haben, daß die Zirder oft austreten und die Wiese überschwemmen muß. Da stand ich nun oft an dem Fenster meines obern Geschosses und sah auf den Steg, auf den jenseitigen Berg und auf die Zirder hinaus. Nun ist es aber hier so eingerichtet, daß die Kinder aus den Karhäusern und auch noch aus anderen Gegenden – viele Eltern schicken sie nur nicht – gar nach der Wenner in die Schule gehen müssen. Die Wenner liegt diesseits des Flusses. Wenn ich daher so hinausschaute, sah ich die Kinder über meine Wiese gehen, und sah auch, wie oft sie wadeten. Da zog das erste, wenn es über den Steg gekommen war, die Schuhe aus, schürzte sich auf und ging mit den Füßlein in das Wasser. Das zweite, dritte tat auch so, und die ganze Schar ging in dem Wasser dahin. Im Winter ist es ärger, wenn Schneemassen, Eisrinden und Erdschollen durcheinander schwimmen und die Kinder in ihrer Unwissenheit mit ihren schlechten Schuhen und Stieflein hinein stiegen und drinnen fort gingen. Endlich aber wissen Sie ja, wie ein reißendes Wasser die Zirder sein kann, wenn sie durch plötzliche Regen oder Schneeschmelzen anschwillt. Da kömmt sie in einem Augenblicke daher, nimmt meine Wiese unter Wasser, umflutet jenseits den Steg, daß er wie eine Insel allein da steht, – ja bei den dreimaligen Wolkenbrüchen ist er während meiner Pfarrverwaltung selber schon weggerissen worden. Da konnte nun ein Kind, zwei Kinder, die ganze Schar der Kinder weggeschwemmt werden. Sie sind unvorsichtig und unwissend, sie gehen in dem Wasser fort, bis es in Macht daher kommt und sie weg nimmt. Dieses erkannte ich und sah es ein, daher war es meine Pflicht, da abzuhelfen; Gott würde das Leben der Kinder von mir fordern können. Ich fing also an zu sparen, damit nach meinem Tode eine so große Summe vorhanden sei, daß man jenseits des Steges in den Karhäusern oder sonst irgendwo eine Schule gründen könne. Ich tat so viele überflüssige Dinge weg, die man in dem Leben hat, damit das Ersparnis dem Zwecke zu Gute komme. Ich vermietete mein Haus, schaffte die überflüssigen Speisen ab, und legte mich draußen auf die Bank schlafen, das heilige Buch der Bücher unter mein Haupt nehmend, gleichsam wie zum Segen des Dinges. Gott wird mich so lange leben lassen, daß es zur Vollbringung gelangen kann.

»Sehen Sie, darum habe ich Sie gebeten, daß Sie heute bei mir bleiben, denn ich mußte Ihnen aus Vorsicht die Sachen mitteilen und anvertrauen. Ich habe das Testament dreimal geschrieben und es an drei verschiedenen Gerichten niedergelegt – hier habe ich es zum vierten Male – es steht nur darinnen, daß von meinem Nachlasse die Schule gegründet werden solle – ferner steht hier auch, wo die drei andern Testamente liegen. Dieses vierte Testament gebe ich Ihnen, wenn Sie nämlich einwilligen, daß Sie es bewahren, und zur größeren Sicherheit nach meinem Tode vorzeigen. Tun Sie es der guten Sache willen, ich habe ein sehr großes Vertrauen zu Ihnen, denn Sie haben nie über mich gespottet.

»Sagen Sie auch keinem Menschen ein Wort, ich bin hier ohnehin schon einmal ganz beraubt worden, weil sie meinten, ich sei geizig. Das Geld ist jetzt nicht in dem Pfarrhofe – es ist gegen Sicherheit in dem Waisenamte. Sie sehen, daß ich Ihnen dieses alles habe sagen müssen, und nun bitte ich Sie recht schön und recht freundlich, daß Sie mir Ihren Beistand nicht verweigern wollen.«

Hier endete der Pfarrer, und ich sagte ihm sogleich meinen Beistand zu, ich versprach ihm das unverbrüchlichste Stillschweigen, ja ich versprach, daß ich das Testament abschreiben und die Abschrift versiegelt an einen jungen, treuen Freund geben wolle, der es nach meinem Tode öffnen soll, wenn mich nämlich Gott eher als den Prediger zu sich riefe.

Er war erfreut über meine Zusage und zog unter dem Kopfkissen ein versiegeltes Papier hervor, reichte es mir und sagte, das sei das Testament. Ich nahm es und verbarg es in meiner Brusttasche.

Hierauf tat ich eine Frage – es war nicht Mutwille, ich weiß selbst nicht, wie es kam, ich war damals noch jung und mit den feinen Beziehungen der beiden Geschlechter unbekannt – ich fragte nämlich, ob keines der Kinder, die er über den Steg gehen gesehen habe, der einstigen Susanna ähnlich gesehen habe.

»Nein, lieber Herr,« antwortete er, »ich weiß jetzt gar nicht einmal mehr, wie Susanna ausgesehen habe.« Ich schämte mich gleich nach dieser Antwort meiner Frage.

Obwohl die Hauptsache abgetan war, blieb ich doch noch eine ziemliche Weile bei ihm, und wir redeten von verschiedenen gleichgültigen Dingen. Als ich unter dem Sternenhimmel von dem Pfarrhofe nach Hause ging, wußte ich kaum, wie mir geschah. – Aber das wußte ich, daß der arme, unscheinbare Prediger, der bei Zusammenkünften der unterste ist, sich keinem vordrängt und jedem gefällig sein will, unendlich mehr wert sei als ich, und vielleicht auch als die andern.

Ich blieb noch ziemlich lange in der Gegend und ging mit dem Pfarrer um. Als ich endlich auf immer Abschied nahm und in dem Wagen von den immer zurück schreitenden, weißlich und gräulich und rötlich dämmernden Kalksteinhügeln in das fruchtbare Land hinaus kam, war mir selber, als hätte ich die Landschaft, die ich verließ, sehr schön gefunden – es war gleichsam eine trübsinnige Zärtlichkeit in ihr, mit der sie die belohnt, die sie, wie der Prediger, in ihrer Armut doch lieben – wie, wenn man einem verschlossenen Manne seine Neigung schenkt, man dieselbe viel schwerer fahren lassen kann als bei einem andern.

Ich habe dem Pfarrer mein gegebenes Wort treu gehalten. Es vergingen noch manche Jahre, ich habe ihn nicht mehr gesehen, weil mich Amtsgeschäfte gefangen hielten. Endlich vernahm ich seinen Tod. Ich reisete mit meinem Testamente nach Gargen, allein die Gerichte hatten die ihrigen schon eröffnet, und das Verfahren des armen Pfarrers hatte großes Aufsehen erregt. Der bereits sehr alte Mietmann, den der Pfarrer zu meiner Zeit im ersten Stockwerke gehabt hatte, sagte mir unter Tränen: »Nein, wie ich den Mann verkannt habe, ich hielt ihn für geizig und hart, und war mißgeneigt – meine Tochter hat das besser gewußt, die den armen geistlichen Vater so sehr geliebt hat.«

Ich fragte dieser Tochter nach, die einst so schön gewesen war. Sie war in der Stadt glücklich vermählt und bereits Mutter von zahlreichen, eben so schönen Kindern.

Wie sehr der Pfarrer den Wert des Geldes mißkannte, wie schon aus seinem Leben hervorging, zeigte sich auch in seinem Anhange zu dem Testamente, den er einige Wochen vor seinem Tode geschrieben hatte, und in welchem eine tiefe Beruhigung über sein Unternehmen herrschte – und doch waren es nur sechstausend Gulden, die er zur Gründung und Herhaltung einer Schule und deren Lehrer hinterlassen hatte: aber eine Gesinnungssumme legte er durch diese Tat in der unschuldigen Weise, in der er alles vollbrachte, dem unzureichenden Gelde bei, die weiter zeugte und alles reichlich ersetzte, was abging. Alle Wohlhabenden der Gegend nämlich, als sie die Handlungsweise und das Leben des Pfarrers erfuhren, sandten von weit und breit her die Beiträge, bis eine Summe zusammenkam, mit welcher man die Absicht des verstorbenen Pfarrers erfüllen konnte.

Die Schule steht heut zu Tage glänzend und neu in den Karhäusern, die Lehrer sind begründet, und die Todesgefahr für die Kinder ist verschwunden.

Der Pförtner im Herrenhause

Wir erzählen folgende Geschichte aus dem Munde einer Freundin, die sie uns mitgeteilt hat, und die selber ein kleiner Teil vor ihr gewesen ist. Wir getrauen uns nicht, etwas daran zu verändern oder auszuschmücken, weil wir einerseits der geschichtlichen Treue nicht zu nahe treten wollen, indem sich die Begebenheit wirklich zugetragen hat, und weil wir andrerseits eine große Ehrfurcht vor der Seelenlage und den Seelenleiden anderer Menschen haben, welche Ehrfurcht wir verletzen würden, wenn wir etwas aus unserem Eigenen hinzu gäben, in der Meinung, es hätte sich so besser zutragen können. Lassen wir die Sache stehen, wie sie steht, wenn wir sie auch nicht begreifen können, und wenn wir auch denken, daß wir in dem gegebenen Falle anders gehandelt hätten.

Auch wollen wir, so weit es unsere Erinnerung zuläßt, die eigenen Worte unserer Freundin in Schilderungen und Beschreibungen beibehalten, weil sie die handelnden Menschen noch gut gekannt hat, und uns dieselben in ihren Eigentümlichkeiten darzustellen vermochte.

Jeder von uns, der nicht gar zu jung ist, das heißt, dem sich vielleicht schon allgemach der Reif der sich sammelnden Jahre um das Haupt zu legen beginnt, wird sich noch aus seiner Jugend einer glänzenden Künstlerpersönlichkeit erinnern, die in jener Zeit das Entzücken der Hauptstadt W.... war, und von der wir alle das eine oder das andere Bild, je nachdem es uns besonders anzog, in unsere späteren Jahre hinübergetragen haben mögen. Diese Künstlerpersönlichkeit spielte eine Rolle in unserer Geschichte. Wir wollen sie, ohne in die Art ihrer Kunstwirksamkeit einzugehen, wodurch sie ihre Zeitgenossen begeistert hat, an dieser Stelle bloß schlechthin Dall nennen. Dall war ein einnehmender Mann, er war außer seiner Kunsttätigkeit leicht, suchte seine Freude, wo er sie fand, und ließ sich von seiner Phantasie beherrschen. Er war in vielfachen Kreisen, lebte in ihnen, besuchte sie, und verließ sie, wie es ihm eben zusagte. Er huldigte der Heiterkeit, der Annehmlichkeit und dem Wechselspiele seiner lebendigen Kräfte. Er war launig, und wer ihn bei der fröhlichen, einladenden Tafel und hinter dem Glase vortrefflichen Weines gesehen hat, der hätte nicht geglaubt, daß das derselbe

Mann sei, von dem er vor kurzem in irgend einer großartigen Darstellung die tiefsten Erschütterungen und nachhaltende Schauer empfangen hat. Nur in einem Dinge war Dall beständig, und es schien dasselbe wahrhaftig sein Herz zu erfüllen. Er hatte einen Freund, und zu diesem Freunde ging er stets, und plauderte mit ihm. Derselbe wohnte in einem Stübchen, das in dem obersten Geschosse eines der hohen Stadthäuser lag. Er hatte ein kleines Vermögen, er hatte ein kleines Amt, er machte Gedichte und musizierte. Die Nachbarn, welche im gleichen Geschosse wohnten, nannten ihn den Rentherrn, entweder, weil er etwa in einem Rentamte diente, oder weil er von seinem kleinen Anliegendhaben eine Rente bezog. Bei diesem Manne saß Dall gerne in dem großen gepolsterten Stuhle, und redete mit ihm über alle Dinge, die sich in der Stadt zutrugen, über die Dinge, die in ein besonderes Fach schlugen, und über alles andere. Wenn er auch in noch so entfernte Gegenden der Menschen abirrte, wenn er auch mit ganz andern Gegenständen beschäftigt schien, kam er doch allemal wieder in das kleine Stübchen und saß in dem großen gepolsterten Stuhle.

Endlich verführte Dall seinem Freunde die Frau. Das Weib, welches in einem großen, geräumigen Zimmer, das an das Stübchen des Rentherrn grenzte, als in ihrem Eigentums immer gewirtschaftet und gewaltet hatte, sagte es dem Manne selber. Dieser war in einer außerordentlichen Wut, er wollte zu Dall rennen, er wollte ihm Vorwürfe machen, er wollte ihn ermorden.

Er versuchte auch zu ihm zu kommen, konnte ihn aber in dieser Zeit nirgends treffen. Dies ging so eine geraume Weile. Als diese Weile vergangen war, wurde der Rentherr sehr stille – ja er wurde außerordentlich stille. Er sagte, Dall habe gar keine Schuld, seine Gattin habe ebenfalls keine Schuld, es sei das schon alles so in der Notwendigkeit gewesen, daß es gekommen sei. Sein Weib habe ja an Dall fallen müssen. – – So floß wieder eine Zeit. – Nach derselben vermißte der Rentherr seine Gattin. Sie war fortgegangen und nicht mehr gekommen. Als er gewartet hatte, als er bei allen Freunden und Bekannten gefragt hatte, und diese nichts wußten, ging er zu Dall, und weil er glaubte, dieser habe sein Weib fortgebracht, und halte sie irgend wo verborgen, so bat er ihn, er möchte ihm sein Weib zurückgeben. Als Dall geantwortet hatte, daß er von dem Weibe nichts wisse, daß er es nicht fortgebracht habe, kniete der

Rentherr nieder, hielt beide Hände zusammen, und bat Dall, er möchte ihm sein Weib geben. Da dieser die nämliche Antwort erteilte, kam der Rentherr in mehreren Tagen einige Male, und wiederholte dasselbe. Dall sagte immer, daß er von dem Weibe nichts wisse, daß es sich nicht mit seinem Willen entfernt habe, und daß er ganz unschuldig sei. Endlich kam der Rentherr nicht mehr.

Als aber nach langer Zeit einmal ein entfernter Bekannter desselben an der Tür seiner Wohnung klingelte, um Einlaß zu bekommen, wurde nicht geöffnet, ein paar Nachbarn des Geschosses, die zufällig vorbeigingen, sagten, der Rentherr sei einmal im Mantel, obwohl Sommer gewesen sei, und das eingewickelte Kind, das ihm sein Weib in früherer Zeit geboren hatte, im Arme tragend fortgegangen. Ob er wieder gekommen sei, wüßten sie nicht.

Der Bekannte ging fort. Als aber die gesperrte Tür immer ruhig blieb, als lange Zeit vergangen war, und die Mietänderung kam, wurde die Tür geöffnet. Eine eingesperrte Luft drang heraus, sonst war aber die Wohnung wie immer. Es pappten die Papiere an den Wänden, die Angesichter großer Männer enthaltend, es stand der große gepolsterte Stuhl da, und es staken die Schlüssel an den Kästen. In dem großen Zimmer der Gattin war alles genau so, wie es gewesen sein mochte, als sie fort gegangen war.

Die Sache machte einiges Aufsehen, und einmal sagte man gar, der Rentherr sei in den böhmischen Wäldern, wohne dort in einer Höhle, habe das Kind darin verborgen, lasse es den Tag dort, während er herumgehe und Lebensmittel erwerbe, und kehre gegen die Nacht zurück, und bringe sie in der Höhle zu. Aber, sagten andere, das sei nur erfunden, um den Mann, der an sich schon anziehend und der in dieser seltsamen Geschichte beteiligt sei, noch anziehender zu machen.

Wir haben vor langer Zeit, erzählte unsere Freundin, als ich mit meinem Gatten erst einige Jahre vermählt war, eine sehr angenehme, freundliche Vorstadtwohnung gehabt. Mein Gatte konnte recht leicht den kleinen Weg über die freie Umgebung der Stadt in sein Amt machen, ich ging nicht gar so oft hinein, weil ich mit meiner Häuslichkeit zu tun hatte, und wenn es ja doch geschah, so war mir im schönen Wetter der Spaziergang angenehm, und im schlechten kostete ja auch ein Wagen nicht gar viel. Aber ich blieb gerade meiner Wohnung zu lieb viel zu Hause. Die Fenster eines Teiles sahen gegen einen Garten, und über diesen hinweg auf die erste Anhöhe, die sich außerhalb der großen Stadt erhebt und ein langes, freundliches Dorf auf ihrem Rücken trägt. Die anderen Fenster gingen gegen die breite, heitere Vorstadtgasse, in welcher immer einige Wägen fuhren, Leute gingen, und ein bewegtes, wenn auch nicht gar zu betäubendes Leben herrschte. Namentlich war es uns wegen der Kinder angenehm, die damals gerade im Heranblühen waren. Sie durften in den Garten gehen; da die Wohnung doch nicht gar nahe an der Stadt war, so hatten wir auch nicht weit in das Freie; und da in den Vorstädten der Raum nicht so gespart wird wie in der Stadt, so waren die Gemächer und die ganze Umgebung sehr luftig und gesund.

Als einmal ein sehr schöner Morgen war, als eine ungewöhnlich milde und warme Luft des Vorfrühlings herrschte, öffnete ich die Fenster, da der Gatte schon in die Stadt gegangen, und die Knaben in der Schule waren, und beschäftigte mich damit, die Zimmer aufzuräumen und in ihnen ordnen zu helfen. Wir hörten in unserer Wohnung gerne das Glöcklein des Krankenhauses, wenn es zur Messe rief, und ich ging nicht selten, wenn ich eben darnach angezogen war, hinüber, meine Andacht zu verrichten. Eben tönte auch wieder das Glöcklein durch die Lüfte, als ich bei einem Fenster gegen die Straße hinaus sah, ein Abwischtuch ausschwingend. Ich hatte aber außer dem Klingen des Glöckleins auch noch einen andern Eindruck, der mich ein Weilchen an dem Fenster hielt. Da ich nämlich hinunter sah, was denn für Leute gingen, erblickte ich ein seltsames Paar. Ein Mann, nach dem Rücken zu schließen, den er mir zukehrte, schon etwas bejahrt, mit einem dünnen gelben Molldanröckchen, blaßblauen Beinkleidern und großen Schuhen ging auf der Straße dahin. Er führte ein erwachsenes Mädchen, das eben so seltsam gekleidet war wie er. Das Mädchen hatte aber einen so großen Kopf, daß es zum Erschrecken war, und daß man doch immer nach demselben hinsah. Die beiden gingen mäßig schnell des Weges fort. Der Mann sah sorgsam darauf, daß er mit dem Mädchen den Wägen ausweiche und mit keinem Fußgänger zusammenstoße. Überhaupt war in beiden etwas Scheues, Unsicheres und Ungewohntes. Sie schlugen gerade den Weg ein, der in das Kirchlein führte, von dem das Glöcklein tönte. Ich dachte, der Mann wolle das Mädchen in die Messe führen.

Daher faßte ich den Entschluß, auch hinüber zu gehen, mein Gebet zu verrichten und die beiden näher zu betrachten. Ich kleidete mich schnell an, warf ein Tuch um, setzte den Hut auf und ging fort. Ich bog in das kleine Gäßchen, das um die Ecke der Medizinschule herum gegen die Gegend des Kirchleins führt, wohin ich die zwei Menschen hatte einlenken gesehen. Allein ich erblickte sie nicht in dem Gäßchen. Ich ging dasselbe entlang, ging dann durch den Schwiebbogen, dann um die Häuserecke und trat in das Kirchlein. Aber ich sah das Paar nicht. Ich verrichtete meine Andacht, vertiefte mich, und als die Messe vorüber war, sah ich noch einmal überall herum, um ihnen vielleicht Hilfe anzubieten. Allein ich hatte mich völlig geirrt, das Paar war wirklich nicht in der Kirche. Ich verfügte mich wieder nach Hause.

Ich hatte des Vorfalles längst vergessen, als ich einmal mit meinem Gatten spät abends aus dem Theater nach Hause ging. Es war der Frühling schon sehr weit vorgerückt, eine wahrhaft südliche, duftige und doch sehr helle Mondnacht stand über der Stadt. Dies hatte uns bestimmt, das Anerbieten eines Freundes, der mit uns die Vorstellung angesehen hatte, anzunehmen, und ein wenig zu seiner Familie einzutreten. Wir hielten uns dort fast bis gegen Mitternacht auf. Man wollte uns den Wagen geben, um uns in unsere Vorstadt fahren zu lassen. Allein mein Gatte meinte, das wäre eine Schande, und wir schlugen unsern Weg zu Fuß ein. Wir traten aus dem finstern Stadttore, der heitere Grasplatz und die vielen Bäume empfingen uns, das holde, dämmerige, hier erst recht sichtbare Licht umgab uns, und mancher einzelne Wandler und manches Paar begegnete uns noch. Als wir unsere Vorstadt erreicht hatten, an der Häuserreihe so dahin gingen, und hier gar keinen einzigen Menschen mehr sahen, hörten wir ein gedämpftes Flötenklingen. Wir blieben etwas stehen, um durch unsere Tritte nicht beirrt zu werden. Die Flöte spielte nicht eben sehr ausgezeichnet, auch konnten wir die Einzelheiten nicht unterscheiden, aber es war ein seltsamer, fremdartiger Ausdruck in ihr, der uns ein Weilchen stehen machte. Sonderbarer Weise konnten wir durchaus die Richtung nicht erkennen, nach welcher die Flötentöne zu unseren Ohren gelangten.

»Das ist irgend ein Naturtalent,« sagte mein Gatte, »das das Flötenspiel aus sich selber erlernt hat, und, von dem schmeichelnden Mondlicht verleitet, wie wir, sich noch wach befindet, und mit dem angenehmen Himmelslichte des Mondes seine angenehmen Flötentöne verbindet.«

Wir gingen weiter. Das Flötenspiel wurde hinter uns immer schwächer, bis wir es nicht mehr hörten, wir gingen auf dem glänzenden Mondlichte der breiten Straße dahin, kamen an unser Haus, klingelten, traten ein, und gelangten in unsere Wohnung, in der die Kinder und alle andern, außer einem Mädchen, welches uns erwartet hatte, schon schliefen.

Wer unsere Stadt schon so manches Jahr kennt, wird sich noch des ehemaligen Perronschen Hauses erinnern. Es stand in unserer Vorstadt und hatte die Eigentümlichkeit, welche jetzt schon immer mehr und mehr zu verschwinden beginnt, daß es unterirdische Wohnungen hatte, deren kleine viereckige Fenster, die mit eisernen Kreuzen und mit einem starken eisernen Drahtgitter versehen waren, hart an dem Pflaster der Straße heraus gingen. Das Haus sah nur mit wenigen Fenstern auf die Straße, und ging mit den übrigen Räumen in einen Hof, oder in einen Garten, oder in andere unbekannte Gegenden zurück. Eine zweite Eigenheit des Hauses war es, daß sein Tor immer geschlossen war, ja man hatte gegen die Unreinlichkeit an seinen untern Fugen einen hölzernen Anbau gemacht, so daß es schien, daß man das Tor überhaupt gar nimmermehr aufzumachen im Stande sei. Ziemlich weit von dem Tore an der Ecke des Hauses war ein dunkelrotes, mit vielen Nägeln versehenes Pfortentürlein, durch welches die Bewohner aus und ein gingen.

Einmal sagte mein Gatte, da er schon angezogen war und sich anschickte, in sein Amt zu gehen, und da er ein Buch auf meinen Nähtisch legte: »Dieses Buch gehört dem Professor Andorf, es ist sehr wichtig, schlage es in ein Papier ein, ich habe eben kein taugliches gefunden, siegle das Papier zu, und schicke das Buch durch jemand Zuverlässigen an den Professor. Er wohnt in dem Perronschen Hause. Man soll es aber nur in seine eigenen Hände geben.«

Ich übernahm den Auftrag. Da ich aber noch im Verlaufe des Vormittages selber in die Stadt zu gehen hatte, und da mich mein

Weg an dem Perronschen Hause vorüberführte, so beschloß ich, das Buch eigenhändig dem Professor Andorf, der, unvermählt, ein Freund unseres Hauses war, und öfters zu uns kam, zu übergeben. Ich schlug deshalb auch das Buch in kein Papier ein. Als ich zu meinem Gange angekleidet war, tat ich das Buch in meine Tasche, die ich gerne am Arme bei mir trage, und machte mich auf den Weg. Da ich zu dem Perronschen Hause kam, näherte ich mich dem roten Pförtchen, und drückte auf die eiserne Klinke. Das Pförtchen öffnete sich, und ich trat ein. Ich befand mich in einem kurzen gewölbten Gange, aus dem aber keine Treppe in die Zimmer des Hauses empor führte. Der Gang leitete mich in den Hof. Da sah ich nun, daß der Hof mit unregelmäßigen Steinen gepflastert war und aus den Fugen üppiges, unzertretenes Gras hervorwuchs. Es waren mehrere Tore in den Mauern, die den Hof umgaben, die Tore schienen zu Stallungen oder Wagenbehältern zu führen, aber ihr ausgewittertes und ausgetrocknetes Ansehen, das Gras, das an ihnen wuchs, und die braunverrosteten Angeln zeigten, daß sie nie geöffnet wurden. Es waren auch zwei Pförtchen, die zu Treppen führten, aber die Pförtchen waren verfallen, und die Treppen schienen nicht betreten.

Als ich empor sah, sah ich die meisten Fenster erblindet, einige waren mit hölzernen Läden geschlossen, und andere glänzten mit grünlichen und rötlichen Farben. Ich wußte nun wirklich nicht, was ich tun sollte. Es war auch kein Mensch da, den ich hätte fragen können.

In diesem Augenblicke hörte ich leise Tritte. Ich wendete mich um, und es stand ein schmächtiges Männlein vor mir, mit einfachem, schlichten Ausdrucke, die grauen, dünnen Haare gegen die Stirne gestrichen, in ärmlichem Anzuge.

»Was wünschen Sie denn?« fragte er.

»Wo wohnt denn der Herr Professor Andorf?« fragte ich, »ich hätte ihm ein Buch zu übergeben, das sehr wichtig ist.«

»Der Herr Professor Andorf ist nicht zu Hause,« antwortete der Mann, »aber wenn Sie mir das Buch übergeben wollen, ich werde es ihm schon einhändigen. – – Sie dürfen es mir geben; es wird keine Unreinigkeit daran kommen, und ich werde nicht hineinsehen.«

Der Mann stand zwar demütig, aber anständig da, seine Sprache hatte etwas, das an die besser gebildeten Stände erinnerte, so daß ich nicht den Mut hatte, ihm das Buch zu verweigern. Ich zog es aus der Tasche hervor, und reichte es ihm dar.

Dann ging ich wieder von dem Hofe in den Gang, von dem Gange auf die Gasse, und machte das rote, mit den vielen Nägeln beschlagene Pfortentürlein hinter mir zu.

Nicht weit von diesem Türlein, aber schon an der Wand des nächsten Hauses, saß gerne eine Obstfrau. Ich hatte schon mehreres von ihr gekauft. Sie saß immer da, wenn nicht ein gar abscheulich schlechtes Wetter war. Zu dieser Obstfrau ging ich hin, nachdem ich das Knöpflein meiner Armtasche wieder zugeknöpft und die Handhabe derselben an meinem Arme zurecht gerichtet hatte. Ich fragte die Frau, ob sie das Perronsche Haus kenne, ob sie schon drinnen gewesen sei, oder ob sie wisse, wer da wohne.

»Wohl kenne ich das Perronsche Haus,« antwortete sie, »man ist im Begriffe, es abzutragen und umzubauen; jetzt wohnt nur der Professor Andorf und der Pförtner drinnen. Wenn der Herr Perron nicht immer in dem Auslande wäre, und sich besser um seine Sachen kümmerte, so sollte es längst gebaut sein, weil es nichts mehr trägt. Es hat zu meinen Zeiten das Herrenhaus geheißen, ich weiß nicht warum, und wenn mich meine Mutter mit Blumen oder Obst in das Herrnhaus schickte, so brachte ich immer etwas an, weil es voll Leute war. Jetzt muß es zusammengerissen werden, und ist nicht mehr zu gebrauchen.«

Nach dieser Auskunft kaufte ich einiges Obst von der Frau, welches ich den Kindern bringen wollte, tat das Obst in die Tasche, empfahl mich der Frau, und verfolgte meinen Weg in die Stadt.

Als ich nach Hause gekommen war, quälte mich der Gedanke immer, daß ich den Auftrag meines Gatten überschritten und nicht das Buch unmittelbar in die Hände des Professors Andorf habe kommen lassen. Ich sagte es dem Gatten, als er nach Hause gekommen war, und wir bei dem Mittagessen bei einander saßen: aber er, nach seiner ihm von jeher innwohnenden Güte und Milde, beruhigte mich, und sagte, ich hätte vollkommen recht getan.

Deßohngeachtet fragte ich den Professor Andorf, als er nach längerer Zeit wieder einmal abends zu uns kam, und mein Gatte das Buch längst vergessen hatte, ob vor so und so viel Wochen ein Buch mit dem und dem Titel, welches ich ihm durch einen Mann, der wahrscheinlich der Pförtner des Herrnhauses ist, habe einhändigen lassen, erhalten habe. »Ich habe das Buch erhalten,« sagte der Professor, »aber ich habe geglaubt, Sie hätten es mir durch einen alten Mann geschickt. Daß wir einen Pförtner haben, wußte ich gar nicht, und wenn wir einen haben, so muß es der stillste Pförtner der Welt sein; denn ich habe nie etwas von ihm vernommen, habe einen Schlüssel, durch den ich das Pförtchen öffne und schließe, manchmal auch ganz offen stehen lasse, und habe geglaubt, daß ich der einzige Bewohner des alten Herrnhauses sei, welche Einsamkeit mich sehr erfreute, weil ich da das Vergehen und Zerfallen menschlicher Dinge recht anschaulich betrachten kann.«

Der Professor Andorf war eigentlich ein heiterer, fröhlicher Mann, wir wunderten uns daher damals, daß er sich solchen Betrachtungen hingeben könne. »Gerade weil ich ein heiterer, fröhlicher Mann bin,« antwortete er, »so sehe ich meine Umgebung als malerischen und dichterischen Gegenstand des Vergehens und Versinkens an, und ergötze mich daran, während ein Trübsinniger und Mißmutiger durch solche Betrachtung nur noch trübsinniger und mißmutiger werden würde.«

Ich merkte mir diese Begebenheiten, weil sie später in einen Zusammenhang traten, so wohl, als ob sie sich gestern zugetragen hätten.

Lange Zeit nach den obigen Vorfällen, von denen ich natürlich damals nicht ahnen konnte, daß sie zusammen gehören könnten, und denen ich auch nicht die geringste Wichtigkeit beilegte, kam einmal mein Sohn Alfred, der schon recht schön herangewachsen war, an einem milden Wintertage von der Schule nach Hause. Er stürmte die Treppe herauf und war sehr verstört, als er eintrat.

»Alfred, was ist dir denn?« fragte ich.

»Mutter, ich kann nichts dafür – Mutter, ich kann nichts dafür – ich habe ihm auch nichts getan«, antwortete er.

»Nun was ist es denn?« fragte ich wieder.

»Weißt du, Mutter, wo das Perronsche Haus steht,« sagte er, »dessen Fenster bei der Erde herausgehen, sah ich, als ich vor der Stadt nach Hause ging, einen schwarzen Raben auf dem Wege sitzen, der Rabe konnte nicht fliegen und hüpfte nur; ich ging immer näher, duckte mich, sprach mit ihm, und er ließ sich fangen. Ich legte meine Schulsachen nieder, hielt ihn in der Hand und streichelte ihn über den Kopf. Da schrie plötzlich eine Stimme neben mir: ›Laß ihn gehen!‹ Ich schaute hin und sah durch das häßliche, kotige Gitter, das an den Erdfenstern ist, einen fürchterlich großen Kopf mit einem blassen Angesichte und starrenden Augen heraus sehen. Ich ließ den schwarzen Raben los, griff nach den Schulsachen, stand von der Erde auf, und lief nach Hause. Mutter, ich habe ihm wirklich nichts zu Leide tun wollen.«

»Ich weiß, ich weiß, Alfred«, sagte ich, indem ich ihn zu beruhigen strebte, und ihm sein Vesperbrod, das die Kinder gewöhnlich nach der Schule bekamen, zurecht richtete.

Da wir in dem ungewöhnlich milden Winter eines Jahres, wenn wir in der Stadt geladen waren, manchmal spät in der Nacht doch zu Fuß nach Hause gingen, hörten wir wiederholt auch jenes Flötenspiel, welches wir einmal, von dem Theater nach Hause gehend, gehört hatten. Wir vernahmen nun auch deutlich, daß es von den unterirdischen Räumen des Perronschen Hauses herkomme.

Ich konnte mir nun die weit auseinander liegenden Tatsachen, die ich mir allmählig auch wieder in die Erinnerung rief, zusammenbinden, und sie liefen in die Familie des Pförtners des Herrnhauses zusammen. Ich nahm Anteil an der Familie, und beschloß, eine Gelegenheit zu suchen, mit ihr bekannt zu werden, und ihr, namentlich aber dem armen Geschöpfe, dem Mädchen, eine Wohltat zuzuwenden.

Allein da ich nicht zudringlich sein wollte, und kein Mensch in das Herrnhaus kam, ergab sich diese Gelegenheit lange nicht, auch mochte ich in meinem Vorhaben etwas saumselig gewesen sein – als einmal ein Zusammenlauf der Leute entstand, die alle unter unsern Fenstern in der Richtung gegen die Stadt zu liefen. Ich schickte ein Dienstmädchen hinab, um zu fragen. Das Mädchen kam zurück und sagte, der Pförtner des Herrnhauses habe sich erschlagen. Ich warf sogleich einen Mantel um, und ging gegen das

Perronsche Haus. Es stand an dem Pförtchen eine Gruppe Menschen, die aber nichts taten, sondern nur dumpf schauten und unter sich murmelten. Ich sah die Obstfrau gegen uns herankommen.

»Was ist denn gewesen,« fragte ich, »wie kann sich denn ein Mensch selber erschlagen?«

»Es hat sich niemand erschlagen,« antwortete die Frau, »es ist nur der Pförtner des Herrnhauses gestorben. Vor einer Viertelstunde, da eben niemand ging, kam das Mädchen, seine Tochter, aus ihrer Wohnung heraufgestiegen, ging zu mir hin, und sagte mir, daß ihr Vater tot sei. Darauf ging sie sogleich wieder in das Herrnhaus zurück. Ich aber ließ meinen Obststand stehen, und ging zu den Leichenbesorgern und Beschauern; sie werden gleich kommen.«

Während die Frau redete, hatten sich noch mehr Menschen angesammelt, die herumstanden. Endlich sah man die Leichenmänner kommen. Alles drängte sich nach der Tür, aber die Männer sagten, daß niemand hinunter dürfe, der nicht zu dem Amte gehöre, oder der nicht von der Familie sei. Die Obstfrau, als die, welche den Fall angezeigt hatte, wurde durch das Pförtchen eingelassen, ich, welche ich sagte, daß ich der Familie Gutes tun wolle, wurde gleichfalls eingelassen, und noch mehrere andere Menschen. Dann nahmen Zwei Platz in der Mündung des Pförtchens, und ließen niemand mehr hinein.

Als wir die Treppe hinunter gestiegen waren und die Wohnung betreten hatten, sahen wir, daß dieselbe nur aus einem einzigen Zimmer bestehe. Neben einer Leiter, die gegen das Fenster empor lehnte, lag der tote alte Mann. Er hatte ein gelbes Moldanröcklein und blaßblaue Beinkleider an. Als ihn die Männer aufgehoben und auf ein Bett, das uns als das seinige erschienen war, getragen hatten, sah ich auch aus seinen Zügen, daß es der Mann sei, dem ich das Buch gegeben hatte. Man war anfangs willens gewesen, Versuche zu machen, ob man ihn nicht wieder in das Leben zurückrufen könne, aber beim Anfassen hatte man empfunden, daß er schon kalt sei; wann mußte er denn gestorben sein? Sonst war niemand in dem Zimmer als das Mädchen mit dem großen Haupte.

Es sah tief zurück auf einem weißen, unangestrichenen Stuhle, und sah von ferne zu, was man mit dem Manne beginne. Auf einem Schirme, der vor einem Bette stand, das ich für das des Mädchens ansah, saß die Dohle; denn eine solche, kein Rabe, war der schwarze Vogel. Sie nickte mit dem Kopfe und sprach unverständliche, zerstümmelte, aber menschenähnliche Laute. Auf dem Tische, der nicht weit von dem Sitze des Mädchens stand, sah ich die Flöte liegen.

Ich wollte, während die Männer die Leiche besahen und auf dem Bette in eine anständige Lage zu bringen versuchten, das Mädchen ansprechen, wollte es zutraulich machen, und es dann mit mir nehmen, um es von der traurigen Umgebung zu entfernen. Ich näherte mich, und sprach es an, wobei ich die höflichste, aber einfachste Sprache versuchte. Das Mädchen antwortete mir auch in einer guten, fast gewählten Sprache, aber seine Gedanken waren so seltsam, so sehr von allem, was sich immer und täglich in unserem Umgange ausspricht, entfernt, daß man es für blödsinnig hätte halten können, was es aber doch nicht war.

Ich hatte zufällig in meinem Mantel einige Stücke Zuckerbäckerei und etwas Obst. Ich nahm ein Stückchen heraus und bot es dem Mädchen an. Es langte danach, aß es, und zeigte in den Zügen des großen Antlitzes einen augenfälligen Schein von Freude. Ich gab ihm nun ein zweites Stück, dann ein drittes, und dann mehrere.

Ich fragte es hierauf, ob es solche Dinge gerne äße, wenn es dieselben hätte.

»Ja, sie sind gut,« sagte es, »gib mir noch mehrere.« »Ich werde dir mehrere geben,« antwortete ich, »wenn du mit mir gehst, und in einer andern Stube bleibst, bis wieder der Tag anbricht. Dann führe ich dich wieder hieher. Ich habe hier keine solchen Dinge mehr, aber in jener Stube habe ich noch viele.« »Ich gehe mit dir,« sagte das Mädchen, »wenn du mich morgen wieder in unsere Wohnung bringst.«

»Ganz gewiß«, antwortete ich.

Hierauf fragte ich das Mädchen, ob es denn keine Mutter habe, oder ob keine Geschwister vorhanden wären. Es habe keine Mutter, antwortete es, es sei nur immer und immer mit dem Vater allein gewesen. Den Begriff Geschwister schien es gar nicht zu kennen.

Ich fragte es hierauf, wie denn der Vater gestorben sei.

»Er ist auf die Leiter gestiegen,« antwortete es, »die zu unseren Fenstern hinaufführt, ich weiß nicht, was er tun wollte, und da ist er herabgefallen und ist liegen geblieben. Ich wartete, bis er wieder gesund werden würde, aber er ist nicht mehr gesund geworden. Er war tot. Als eine Nacht und ein Tag vergangen waren, sagte ich es der Frau, die immer in der Nähe unseres Pförtleins sitzt. Seit dem sind die Leute gekommen.«

Ich teilte den Männern die Nachricht mit, und sagte, daß ich das Mädchen in mein Haus führen und einstweilen für dasselbe sorgen würde, auch wolle ich den Fall unter meinen Bekannten anzeigen, und wir würden sammeln, daß derselbe begraben werden könnte. Es war ihnen recht.

Sie waren mittlerweile mit der Leiche fertig geworden, sie lag jetzt anständig, noch mit den alten Kleidern angetan, auf dem Bette. Als ich näher trat und sie mir besah, sah ich die graue, dünne Locke gerade so nach der Stirne gerichtet wie damals, als er mir mit Feinheit gesagt hatte, daß ich ihm das Buch schon anvertrauen dürfe. Mit Erschütterung trat ich von der Leiche weg.

Ich näherte mich dem Mädchen und sagte ihm, daß ich es jetzt mit mir führen würde. Es folgte mir willig. Ich führte es, während sich die anderen auch zerstreuten, in meine Wohnung. Wir hatten ein nach rückwärts gelegenes Gemach, das eine alte Kinderwärterin, die noch aus der Familie meines Gatten herstammte, so lange bewohnt hatte, bis sie zu dem Kindbette ihrer Tochter gegangen, und dort wieder aufs neue Kinderwärterin geworden war.

Das Gemach hatte seitdem leer gestanden, nur waren die Geräte in demselben geblieben. Ich führte daher das Mädchen in dieses Gemach, und zwar durch einen Gang, wo sie von niemanden aus meinen Leuten gesehen werden konnte, die sie durch ihr Erschrecken über ihre Gestalt selbst wieder hatten erschrecken können. Nur einer ältlichen Magd teilte ich die Sache sogleich mit, und bat sie, für das arme Geschöpf Sorge trägen zu helfen. Den anderen würde ich den Vorfall schon melden, und würde ihnen sagen, daß sie das Gemach nicht beträten. Ich gab dem Mädchen wirklich, wie ich versprochen hatte, noch Obst und Zuckergebäcke. Ich ließ das Stübchen angenehm heizen, brachte die alte Magd als Gesellschafterin und sagte, daß ich abends ein gutes Essen senden würde, daß ich mich aber jetzt entfernen müsse.

Das Mädchen schien das alles zu begreifen. Ich setzte mich gleich nieder, um an mehrere meiner Bekannten und Freunde zu schreiben. Als abends mein Gatte nach Hause kam, erzählte ich ihm das Vorgefallene, und was ich getan hätte. Er billigte alles, schrieb selber noch ein paar Briefe, nahm dann einen Wagen und fuhr noch zu einigen Familien. Als er nach Hause kam, und als wir beim Abendessen beisammen saßen, sagte er, daß die Leichenkosten schon unterschrieben seien, was noch weiter eingehe, könne als Unterstützung für das Mädchen verwendet werden.

Am andern Morgen, als das Mädchen in dem Bette der Kindsfrau ausgeruht hatte, führte ich dasselbe wieder in seine unterirdische Wohnung; denn ich sah deutlich ein, daß ich mir nur durch genaues Worthalten Zutrauen zu erwerben im Stande wäre, indem das Mädchen außer manchen andern Ausnahmseigenschaften, die ich an ihm schon bemerkt hatte, auch die besaß, daß sie den Worten blind glaubte. Der entseelte Vater war unterdessen durch die Fürsorge meines Gatten von den Leichenbesorgern gereinigt und gekleidet worden, und lag jetzt bereits in seinem Sarge, um noch im Laufe des Vormittages beerdigt zu werden. Ich ließ das Mädchen eine Weile in dem Gemache, dann schlug ich wieder vor, daß es mich neuerdings in das Stübchen begleite, in welchem es geschlafen habe. Es willigte gerne ein. Dies tat ich im Verlaufe des Tages mehrere Male. Der Vater war indessen begraben worden.

Mein Gatte verwendete sich, daß er als Verlassenschaftsvollstrecker und als Vormund des verwaisten Mädchens, das übrigens schon bedeutend über zwanzig Jahre alt sein konnte, bestellt wurde. Wir wollten für dasselbe sorgen, daß es eine erträgliche Zukunft erhalte, und das verrichte, wozu es fähig sein würde. Zuerst wollte ich es in dem Ammenstübchen behalten, bis sich eine passendere und dauernde Stelle gefunden hätte.

Sehr schwer war es, das Mädchen von dem unterirdischen Gewölbe zu entwöhnen. Es hing mit einer Hartnäckigkeit an dem Gemache; aber durch öfteren Besuch des Gemaches, den ich mit ihm anstellte, durch zutrauliches Reden über gleichgiltige Dinge, und endlich durch sorgfältige Pflege, die ihm wohltat, gewöhnte ich es doch nach und nach an sein neues Stübchen. Die freie Luft scheute es noch mehr als fast alles andere, und wenn ich es ein wenig in den winterlichen Garten hinunter brachte, benahm es sich linkisch und starrte die entlaubten Zweige an. Anfangs kam niemand zu ihr als ich und die alte Magd, nach und nach gewöhnte es sich aber auch an den Anblick von andern aus uns. So gut gewählt und so gut zusammengestellt es sprach, so wenig hatte es eine Vorstellung oder eine Kenntnis von der geringsten weiblichen Arbeit, dafür trafen wir es manchmal in dem Stübchen mit der Dohle plaudernd, oder leise singend an. Auch auf der Flöte des Vaters vermochte es zu spielen.

Als es schon eine große Anhänglichkeit an mich gewonnen hatte, veranlaßte ich es, von seiner Vergangenheit zu sprechen, was ich in den ersten Tagen sehr sorgfältig vermieden hatte. Es wußte von seiner frühen Jugend gar nichts, durchaus gar nichts. Es fand sich mit seinem Bewußtsein erst in dem unterirdischen Gewölbe des Herrnhauses.

»Der Vater,« sagte es, »ging fort, nahm die Flöte mit und kam oft erst zur Zeit, da die Lichter brannten. Er brachte in einem Topfe Speisen, die wir in dem kleinen Ofen wärmten und dann aßen. Oft wärmte ich mir auch etwas, wenn er abwesend war; denn es blieb zuweilen viel über. Manchmal war er auch zu Hause. Er lehrte mich viele Dinge und erzählte viel. Er sperrte immer zu, wenn er fortging. Wenn ich fragte, was ich für eine Aufgabe habe, während er aus sei, antwortete er: Beschreibe den Augenblick, wenn ich tot auf der Bahre liegen werde, und wenn sie mich begraben, und wenn ich dann sagte: Vater, das habe ich ja schon oft beschrieben, so antwortete er: So beschreibe, wie deine Mutter, von ihrem Herzen gepeinigt, in der Welt herum irrt, wie sie sich nicht zurück getraut, und wie sie in der Verzweiflung ihrem Leben ein Ende macht. Wenn ich sagte: Vater, das habe ich auch schon oft beschrieben, antwortete er: So beschreibe es noch einmal. Wenn ich dann mit meiner Aufgabe, wie der Vater tot auf der Bahre liegt, und wie die Mutter in der Welt umher irrt, und in Verzweiflung ihrem Leben ein Ende macht, fertig war, stieg ich auf die Leiter und schaute durch die Drahtlöcher des Fensters hinaus. Da sah ich die Säume von Frauenkleidern vorbeigehen, sah die Stiefel von Männern, sah schöne Spitzen von Röcken, oder die vier Füße eines Hundes. Was an den jenseitigen Häusern vorging, war nicht deutlich.«

Ich ließ mir von den Schriften, die die ausgearbeiteten Aufgaben enthielten, einiges zeigen. Es war die wildeste, einsamste Dichtung – aber sonderbar, von einem Verständnisse, was Tod, was Umirren in der Welt und sich in Verzweiflung das Leben nehmen heiße, war nicht die geringste Spur vorhanden. Die Satzführung war schön, die Gedanken seltsamlich und oft in ihrem Ursprunge und in ihren Gründen nicht mehr enträtselbar.

Mein Gatte war Vormund geworden. In der Verlassenschaft hatten sich nur wenige schlechte Geräte, einige Kleider und die Betten vorgefunden. Von Barschaft war ein Sack mit lauter Kupfermünzen da. Weiter nichts.

Aus den entsiegelten Schriften des Verblichenen entnahmen wir mit Staunen, daß er jener Rentherr gewesen sei, dessen Geschichte im allgemeinen zu unsern Ohren gekommen war, die wir aber wieder längst vergessen hatten. Es fand sich der Ort klar vor, an dem sein Vermögen anliege. Mein Gatte ging hin, aber man wies sich aus, daß der Betrag schon vor vielen Jahren erhoben worden sei. Wo er hingekommen war, war nicht zu ergründen. Eben so waren alle Nachforschungen über das frühere Schicksal des Verstorbenen vergeblich. Von seiner Gattin ist nie etwas gehört worden, und sie ist nie mehr, bis auf den heutigen Augenblick nicht, zurückgekehrt. Die Tochter haben wir, ihrer Lage angemessen, untergebracht, und es wird für sie durch wohltätige Menschen gesorgt.

Der reichbegabte Künstler, der der Freund des armen Mannes gewesen war, war bei der Entwicklung der Geschichte schon längst tot. Ob er wohl je eine Ahnung hatte, was aus seiner Handlung hervorgegangen ist?!

Die größte Begabung, der höchste Glanz des Geistes, der die Menschen in Staunen setzt, ist ein Sandkorn – ja ist nichts – gegen die tiefe Liebe und die Reinheit des Gemütes. Welche Größe lag in den unscheinbaren Menschen, die der überlegene Künstler mit seiner Freundschaft beglückt und verdorben hat, welches Unmaß von Liebe lag in ihnen, da der Mann noch um die schuldige Gattin mit aufgehobenen und gefalteten Händen bat, da er dann an der Menschheit verzweifelte, sich in die Höhle verbarg und in seiner

Geistesverwirrung das einzige Kind, das einzige Wesen, das er liebte und bewahrte, das vielleicht zu dem höchsten Glücke hätte heranblühen können, durch dumpfe Kerkerluft krank und mißgestaltet, und durch Unentwicklung des Geistes unglücklich machte – da das Weib die Schmach nicht tragen konnte, zu dem Manne flüchtete und sie ihm bekannte, da sie den Jammer der Verzeihung und Schonung nicht zu fassen vermochte, mit der die Güte ihres Mannes sie beteilte, sondern, Kind und Mann verlassend, in die weite Welt gehen und dort wahrscheinlich ihr Leben selber enden mußte!!

Der Professor Andorf wohnte noch eine Weile – und nun wirklich der einzige Bewohner – in dem veralteten, unheimlichen Hause. Dann ward es abgerissen, und jetzt steht eine glänzende Häuserreihe an dessen und der Nachbarn Stelle, und das junge Geschlecht weiß nicht, was dort gestanden war, und was sich dort zugetragen hatte. –

Über tredition

Eigenes Buch veröffentlichen

tredition wurde 2006 in Hamburg gegründet und hat seither mehrere tausend Buchtitel veröffentlicht. Autoren veröffentlichen in wenigen leichten Schritten gedruckte Bücher, e-Books und audio-Books. tredition hat das Ziel, die beste und fairste Veröffentlichungsmöglichkeit für Autoren zu bieten.

tredition wurde mit der Erkenntnis gegründet, dass nur etwa jedes 200. bei Verlagen eingereichte Manuskript veröffentlicht wird. Dabei hat jedes Buch seinen Markt, also seine Leser. tredition sorgt dafür, dass für jedes Buch die Leserschaft auch erreicht wird.

Im einzigartigen Literatur-Netzwerk von tredition bieten zahlreiche Literatur-Partner (das sind Lektoren, Übersetzer, Hörbuchsprecher und Illustratoren) ihre Dienstleistung an, um Manuskripte zu verbessern oder die Vielfalt zu erhöhen. Autoren vereinbaren direkt mit den Literatur-Partnern die Konditionen ihrer Zusammenarbeit und partizipieren gemeinsam am Erfolg des Buches.

Das gesamte Verlagsprogramm von tredition ist bei allen stationären Buchhandlungen und Online-Buchhändlern wie z. B. Amazon erhältlich. e-Books stehen bei den führenden Online-Portalen (z. B. iBookstore von Apple oder Kindle von Amazon) zum Verkauf.

Einfach leicht ein Buch veröffentlichen: **www.tredition.de**

Eigene Buchreihe oder eigenen Verlag gründen

Seit 2009 bietet tredition sein Verlagskonzept auch als sogenanntes "White-Label" an. Das bedeutet, dass andere Unternehmen, Institutionen und Personen risikofrei und unkompliziert selbst zum Herausgeber von Büchern und Buchreihen unter eigener Marke werden können. tredition übernimmt dabei das komplette Herstellungs- und Distributionsrisiko.

Zahlreiche Zeitschriften-, Zeitungs- und Buchverlage, Universitäten, Forschungseinrichtungen u.v.m. nutzen diese Dienstleistung von tredition, um unter eigener Marke ohne Risiko Bücher zu verlegen.

Alle Informationen im Internet: **www.tredition.de/fuer-verlage**

tredition wurde mit mehreren Innovationspreisen ausgezeichnet, u. a. mit dem Webfuture Award und dem Innovationspreis der Buch Digitale.

tredition ist Mitglied im Börsenverein des Deutschen Buchhandels.

Dieses Werk elektronisch lesen

Dieses Werk ist Teil der Gutenberg-DE Edition DVD. Diese enthält das komplette Archiv des Projekt Gutenberg-DE. Die DVD ist im Internet erhältlich auf **http://gutenbergshop.abc.de**

Zeitfracht Medien GmbH
Ferdinand-Jühlke-Straße 7
99095 Erfurt, Deutschland
produktsicherheit@kolibri360.de